La Campanilla de la Doncella
y Otros Relatos

Por

Edith Wharton

LA CAMPANILLA DE LA DONCELLA

I

Era el otoño, después de haber pasado el tifus. Había estado en el hospital, y cuando salí tenía un aspecto tan endeble y vacilante que las dos o tres damas a las que pedí trabajo no me aceptaron, por temor. Se me había agotado casi todo el dinero, y después de vivir de la pensión durante dos meses, frecuentando agencias de colocaciones y escribiendo a todos los anuncios que me parecían respetables, casi perdí las esperanzas, porque el andar de un lado para otro no me había permitido recuperar peso; así que no veía cómo podía cambiar mi suerte. Pero cambió…, o así lo creí yo entonces. Un día me tropecé con una tal señora Railton, amiga de la señora que me había traído a Estados Unidos, y me paró para saludarme; era de esas personas que hablan siempre con mucha familiaridad. Me preguntó qué me pasaba que estaba tan pálida, y cuando se lo conté, dijo:

—Vaya, Hartley; creo que tengo precisamente el puesto que necesitas. Ven mañana a verme y hablaremos de esto.

Al día siguiente, cuando fui a visitarla, me contó que se había acordado de una sobrina suya, una dama joven, aunque algo delicada, que vivía todo el año en su finca de Hudson, ya que no soportaba el ajetreo de la vida ciudadana.

—Ahora escúchame, Hartley —dijo la señora Railton con esa jovialidad que siempre me hacía sentir que las cosas iban a mejorar—: no es alegre el lugar al que te mando. La casa es grande y lúgubre; mi sobrina es una mujer nerviosa y melancólica; y su marido… bueno, generalmente está fuera; y dos hijos que tenían se les han muerto. Hace un año me lo habría pensado antes de encerrar en esa cripta a una muchacha activa y risueña como tú; pero ahora no te encuentras especialmente rozagante, ¿verdad?, y nada mejor para ti que un lugar tranquilo, con el aire del campo, buenos alimentos y la posibilidad de acostarte temprano. No me digas que me equivoco —añadió, porque supongo que debí poner cara de decepción—; puede que lo encuentras deprimente, pero no te sentirás desamparada. Mi sobrina es un ángel. Su anterior doncella, que murió la primavera pasada, la sirvió veinte años, y besaba el suelo que ella pisaba. Es un ama bondadosa con todos; y donde la señora es bondadosa, como sabes, los criados son generalmente joviales; de manera que probablemente te llevarás muy bien con el resto de la servidumbre. Eres justamente la chica que necesito para mi sobrina: tranquila, de buenos modales y educada por encima de tu condición social. ¿Lees bien en voz alta? Eso está bien; a mi sobrina le gusta que le lean. Necesita una doncella que pueda ser un poco su compañera: la anterior lo era, y no te puedes hacer idea de cuánto la echa de menos. Lleva una vida solitaria… Bueno, ¿qué decides?

—Por supuesto, señora —dije—, a mí no me da miedo la soledad.

—Bien, entonces ve; mi sobrina te aceptará con mi recomendación. Le telegrafiaré en seguida, y podrás coger el tren de esta tarde. No tiene a nadie que la atienda ahora y no quiero que pierdas tiempo.

Yo siempre estaba dispuesta a ponerme en marcha; sin embargo, había algo en mí que me retenía. Y para ganar tiempo pregunté:

—¿Y el señor, señora?

—Te repito que el señor casi siempre está fuera —dijo la señora Railton rápidamente—. Y cuando está en casa —exclamó de repente— no tienes más que evitar su presencia.

Cogí el tren de la tarde y llegué a la estación alrededor de las cuatro. Me esperaba un criado en una calesa, y partimos a buen paso. Era un oscuro día de octubre, con la lluvia suspendida a poca altura, y cuando ya nos adentrábamos en el bosque de Brympton Place, la luz casi se había ido. El camino cruzó serpenteante el bosque durante una milla o dos, y salió a un espacio de grava, cerrado por una espesura de arbustos altos y oscuros. No había luces en las ventanas, y la casa tenía efectivamente un aspecto algo lúgubre.

No le hice preguntas al criado, ya que nunca he sido partidaria de formarme una idea de mis señores a través de los compañeros: prefiero esperar, y ver por mí misma. Pero podía decir, por el aspecto de todo, que había entrado en una buena casa y que las cosas se hacían con gusto. Una cocinera de rostro afable me recibió en la puerta de atrás y llamó a la criada para que subiese a enseñarme mi habitación.

—Ya verás al ama más tarde —dijo—: la señora Brympton tiene visita.

No había supuesto que la señora Brympton fuese dama que recibiera muchas visitas, y estas palabras me alegraron en cierto modo. Seguí a la criada escalera arriba y vi, a través de una puerta del descansillo, que la parte principal de la casa estaba bien amueblada, con las paredes revestidas de madera oscura y varios retratos antiguos. Era ahora casi de noche, y la criada se excusó por no haber traído una luz.

—Pero hay fósforos en tu habitación —dijo—; y si caminas con precaución no tropezarás. Ten cuidado con el escalón del fondo. Tu cuarto está justo a continuación.

Miré en esa dirección mientras hablaba ella, y en mitad del pasillo vi a una mujer. Se retiró a una puerta al pasar nosotras, y la criada no pareció advertir su presencia. Era una mujer delgada, de cara pálida y con el vestido y el delantal oscuros. La tomé por el ama de llaves y me pareció raro que no dijese nada, aunque me miró largamente al pasar junto a ella. Mi dormitorio daba a un vestíbulo que había al final del pasillo. Frente a mi puerta había otra que estaba abierta; la criada exclamó al verla así.

—¡Vaya, la señora Blinder se ha dejado esta puerta abierta otra vez! —y la cerró.

—¿La señora Blinder es el ama de llaves?

—Aquí no hay ama de llaves; la señora Blinder es la cocinera.

—¿Es esa su habitación?

—¡No, por Dios! —dijo la criada, vivamente—. Ésta no es de nadie. Está vacía, quiero decir; y no debería estar abierta. La señora Brympton quiere que esté siempre cerrada con llave.

Abrió mi puerta y me pasó a una habitación limpia, amueblada con gusto, y con un cuadro o dos en las paredes. Y tras encender una vela se despidió, diciéndome que el té en el salón de la servi era a las seis y que la señora Brympton me vería después.

Encontré una agradable tertulia en el salón de los criados, y por lo que comentaban deduje que, como había dicho la señora Railton, la señora Brympton era la más bondadosa de las damas; pero no presté demasiada atención a lo que hablaban, ya que estaba atenta a ver si entraba la mujer pálida del vestido oscuro. No apareció, y me pregunté si comería aparte. Pero si no era el ama de llaves, ¿por qué había de hacerlo? De pronto se me ocurrió que podía ser una enfermera, en cuyo caso, naturalmente, se le serviría la comida en su habitación. Si la señora Brympton estaba inválida era lo más probable que tuviera una enfermera. La idea me contrarió, lo confieso, porque no siempre son personas con las que una se sienta a gusto; y de haberlo sabido, no habría aceptado el puesto. Pero ya estaba allí y de nada servía poner cara larga. Y dado que no tenía a quién hacerle preguntas, esperé a ver qué ocurría.

Terminado el té, la criada le dijo al lacayo:

—¿Se ha ido el señor Ranford?

Y al contestar éste que sí, me dijo que subiese con ella a ver a la señora Brympton.

La señora Brympton se hallaba en cama; al lado había una lámpara con pantalla. Era una dama de aspecto delicado, pero cuando sonrió comprendí que no habría nada que no hiciera yo por ella. Con voz dulce, y baja, me preguntó el nombre y la edad y demás, y si tenía todo lo que necesitaba, y si no temía sentirme sola en el campo.

—No. Con usted no lo estaré, señora —dije; y a mí misma me sorprendieron estas palabras, ya que no soy impulsiva. Pero fue exactamente como si hubiese pensado en voz alta.

Ella pareció complacida, y dijo que esperaba que siguiese pensando lo mismo; luego me dio algunas instrucciones sobre su tocador, y dijo que Agnes, la criada, me enseñaría dónde estaban las cosas.

—Esta noche estoy cansada y cenaré arriba —dijo—. Agnes me traerá la bandeja, así que puedes disponer de tiempo para deshacer el equipaje y acomodarte; después puedes venir a desvestirme.

—Muy bien, señora —dije—. ¿Tocará la campanilla, supongo?

Me miró con extrañeza.

—No. Te mandará a Agnes —dijo rápidamente, y cogió su libro otra vez.

Bueno, indudablemente, era de lo más raro: ¿cada vez que la señora necesitaba a su doncella, iba a llamarla la criada? Me pregunté si es que no había campanillas en la casa, pero al día siguiente comprobé que había en todas las habitaciones, y que había una especial que llamaba de la habitación de mi señora a la mía. Así que me pareció rarísimo que cada vez que la señora Brympton quisiera algo me mandase a Agnes, que tenía que recorrer todo el ala de los criados para venir a avisarme.

Pero no era esto lo único extraño en la casa. Al día siguiente mismo descubrí que la señora Brympton no tenía enfermera; entonces le pregunté a Agnes quién era la mujer que había visto en el pasillo la tarde anterior. Agnes dijo que ella no había visto ninguna mujer, y me di cuenta de que pensaba que eran imaginaciones mías. Desde luego, estaba oscuro cuando recorrimos el pasillo, y se había disculpado por no traer una luz; pero yo había visto a la mujer con suficiente claridad para reconocerla si volvía a verla. Concluí que debía ser alguna amiga de la cocinera o de alguna criada; quizá había venido del pueblo de visita, por la noche, y querían que no se supiese. Algunas señoras son muy estrictas en cuanto a albergar a los amigos de los criados en la casa por la noche. Fuera lo que fuese, decidí no preguntar más.

Un día o dos después sucedió otra cosa extraña. Estaba hablando una tarde con la señora Blinder, que era una mujer servicial y llevaba en la casa más tiempo que el resto de la servidumbre, cuando me preguntó se me sentía a gusto y tenía cuanto me hacía falta. Le dije que ninguna falta encontraba en mi trabajo ni en mi señora, aunque me extrañaba que en una casa tan grande no hubiese una habitación de costura para la doncella de la señora.

—¡Cómo! —dijo ella—. Hay una: la habitación donde tú duermes es la antigua habitación de costura.

—¡Ah! —dije—, ¿y dónde dormía la anterior doncella de la señora?

Aquí se quedó confundida, y dijo apresuradamente que habían cambiado todas las habitaciones de los criados el año anterior y que no recordaba bien.

Esto me sonó raro, pero proseguí como si no lo hubiera advertido:

—Bueno, hay una habitación vacía enfrente de la mía y pienso preguntarle a la señora Brympton si puedo utilizarla como cuarto de costura.

Ante mi asombro, la señora Blinder palideció y me dio una especie de apretón en la mano.

—No hagas eso, querida —dijo, como temblando—. Para ser sincera, ésa era la habitación de Emma Saxon; y la señora la ha tenido cerrada desde su muerte.

—¿Y quién era Emma Saxon?

—La anterior doncella de la señora Brympton.

—¿Qué clase de mujer era?

—No había otra mejor en la faz de la tierra —dijo la señora Blinder—. Mi señora la quería como a una hermana.

—Me refiero a cómo era físicamente.

La señora Blinder se levantó y me lanzó una mirada furiosa.

—No tengo muy buenas dotes para describir —me dijo—, y creo que mis pastas están subiendo —y se fue a la cocina y cerró la puerta tras de sí.

II

Llevaba casi una semana en la casa de los Brympton, y aún no había visto al señor, cuando una tarde corrió la voz de que iba a llegar, y se operó un cambio en toda la servidumbre. Estaba claro que no era querido abajo. La señora Blinder puso un cuidado especial en la cena esa noche, pero regañó a la fregonera de manera totalmente inusual en ella; y el mayordomo, el señor Wace, hombre serio y de habla premiosa, atendió a sus obligaciones como si preparase un funeral. El señor Wace era un gran aficionado a la Biblia, y tenía un buen repertorio de citas a las que solía recurrir, pero ese día empleó un lenguaje espantoso; y ya iba yo a levantarme de la mesa, cuando me aseguró que era todo de Isaías. Más tarde observé que cada vez que venía el señor, el señor Wace recurría invariablemente a los profetas.

Alrededor de las siete, Agnes vino a decirme que fuese a la habitación de la señora; y allí encontré al señor Brympton. Estaba de pie junto a la chimenea. Era un hombre corpulento, de cuello grueso, cara colorada y unos ojos azules furibundos: la clase de hombre que una pánfila podría haber considerado guapo, y después habría pagado caro haberlo juzgado así.

Se dio la vuelta al entrar yo y me miró de arriba abajo en un segundo. Comprendí lo que significaba esa mirada por haberla experimentado una o dos veces en mis anteriores colocaciones. Luego me volvió la espalda y siguió hablando con su esposa; y comprendí lo que eso significaba también: no era el bocado que le apetecía. El tifus me había beneficiado bastante en ese sentido: mantenía a distancia a esa clase de hombres.

—Ésta es Hartley, la nueva doncella —dijo la señora Brympton con su voz dulce; él asintió con la cabeza y siguió con lo que estaba diciendo. Un minuto o dos después se marchó y dejó que mi señora se vistiese para la cena; y observé, mientras la ayudaba, que estaba pálida y fría al tacto.

El señor Brympton se fue a la mañana siguiente, y toda la casa exhaló un gran suspiro al verlo marchar. En cuanto a mi señora, se puso el sombrero y el abrigo de pieles (era una agradable mañana de invierno), salió a dar un paseo por el parque, y regresó completamente fresca y sonrosada; con lo que durante un minuto, antes de que se le apagasen los colores, pude darme cuenta de lo bonita que debía de haber sido; y no hacía mucho, por cierto.

Se había encontrado con el señor Ranford en el parque y regresaron los dos juntos, recuerdo, sonriendo y charlando mientras cruzaba la terraza por debajo de mi ventana. Ésa fue la primera vez que vi al señor Ranford, aunque había oído mencionar su nombre muchas veces en nuestro comedor. Era un vecino que vivía a una milla o dos de la propiedad de los Brympton, a la salida del pueblo, y como tenía costumbre de pasar los inviernos en el campo, era casi la única compañía que mi señora tenía en esa época del año. Era un caballero delgado, alto, de unos treinta años, y su aspecto me pareció algo melancólico; hasta que vi su sonrisa, en la que había una especie de sorpresa, como el primer día cálido de la primavera. Era muy aficionado a la lectura, oí decir, igual que mi señora, y los dos se estaban prestando libros continuamente; a veces (me contó el señor Wace) le leía a la señora Brympton en voz alta durante sus visitas, en la oscura y enorme biblioteca donde ella pasaba las tardes de invierno. Todos los criados le tenían simpatía, y quizá sea esto más que el simple cumplido que podrían suponer los amos. Siempre tenía una palabra amable para cada uno de nosotros, y a todos nos alegraba que la señora Brympton tuviera la compañía de un caballero tan simpático y sociable cuando el señor se ausentaba. El señor Ranford parecía estar en excelentes relaciones con el señor Brympton, también; aunque no me explicaba cómo dos caballeros tan distintos podían ser amigos. Pero luego supe que dos personas de verdadera distinción son capaces de guardar para sí sus sentimientos.

En cuanto al señor Brympton, venía y se iba sin quedarse más de un día o dos, y durante ese tiempo maldecía la monotonía y la soledad, gruñía por todo y (como no tardé en enterarme) bebía más de lo que le convenía. Después de abandonar la mesa la señora Brympton, él seguía hasta la medianoche, tomándose el madeira y el oporto del viejo Brympton; y una de las veces en que salía yo de la habitación de mi señora un poco más tarde de lo usual y me crucé con él, subía la escalera en un estado que me horrorizó al pensar en lo que algunas señoras tienen que soportar y mantener callado.

Los criados hablaban muy poco del señor, pero por las palabras que inadvertidamente se les escapaban pude deducir que el matrimonio había sido desgraciado desde el principio. El señor Brympton era un hombre grosero, violento y amante de los placeres. Mi señora, apacible, modesta y quizá un poquito fría; no es que ella no le hablase siempre con afabilidad: a mí me parecía maravillosamente indulgente. Pero para un caballero licencioso como el señor Brympton, diría que resultaba un poco irritable.

Bien, pues las cosas siguieron tranquilas durante varias semanas. Mi señora era amable, mis obligaciones, ligeras, y me llevaba bien con los demás criados. En resumen, no tenía queja; sin embargo, notaba constantemente un peso sobre mí. No sabía decir cuál era el motivo, pero estaba segura de que no era la soledad. Pronto me acostumbré a esa opresión: y dado que aún me notaba débil por el tifus, agradecía la tranquilidad y el aire del campo. Pese a todo, no acababa de sentirme completamente a gusto por dentro. Mi señora, sabedora de que había estado enferma, me instaba a que diese paseos regulares, y muchas veces se inventaba algún mandado para mí: unos metros de cinta que traer del pueblo, una carta que enviar o un libro que devolver al señor Ranford. Y tan pronto como salía de la casa, se me alegraba el ánimo, y acogía con satisfacción el paseo por el bosque pelado y perfumado de húmeda fragancia. Pero en cuanto veía la casa otra vez, el corazón se me caía como una piedra en un pozo. No era exactamente un edificio lúgubre; sin embargo, jamás entraba en él sin que me invadiese una sensación de tristeza.

La señora Brympton salía raramente en invierno; sólo los días más agradables paseaba una hora, hacia mediodía, por la terraza sur. Aparte del señor Ranford, no teníamos más visitas que la del doctor, que venía del pueblo una vez a la semana. A mí me mandó llamar un par de veces para darme alguna pequeña instrucción sobre mi señora; y aunque no me dijo nunca qué enfermedad la aquejaba, me parecía, por el aspecto céreo que tenía algunos días por la mañana, que padecía del corazón. La época era suave, aunque nociva para la salud, y en enero tuvimos una larga temporada de lluvia. Fue una penosa prueba para mí, lo confieso, ya que no podía salir; y sentada ante mi labor todo el día, oyendo el constante gotear de los aleros, me ponía tan nerviosa que el menor ruido me causaba un sobresalto. No sé por qué, me dio por pensar que aquella habitación cerrada del otro lado del pasillo comenzaba a pesar sobre mí. Una o dos veces, en las largas noches lluviosas, me pareció oír ruidos en ella; pero era una estupidez, por supuesto, y la luz del día disipaba semejantes figuraciones de mi cabeza. Pues bien, una mañana, la señora Brympton me dio lo que se dice una gratísima sorpresa al decirme que deseaba que fuese al pueblo de compras. Hasta entonces no me había dado cuenta de cuánto había decaído mi ánimo. Emprendí el camino contentísima, y mi primera visión de las calles transitadas y del alegre aspecto de las tiendas me embargó en parte. Por la tarde, sin embargo, el ruido y la confusión empezaron a cansarme, y me hicieron desear la tranquilidad de Brympton, y pensar cómo disfrutaría regresando a través del bosque sombrío. Entonces me tropecé con una antigua conocida, una doncella con la que había estado sirviendo una vez. No nos habíamos visto desde hacía años, y tuve que entretenerme con ella, contándole qué había sido de mí en todo ese tiempo. Cuando le dije dónde vivía ahora abrió los ojos y puso cara larga.

—¡Cómo! ¿Con la Brympton que vive todo el año en esa propiedad junto al Hudson? Querida, no durarás tres meses.

—¡Oh!, pero a mí no me desagrada el campo —dije, un poco ofendida por su tono—. Desde que he tenido el tifus, prefiero la tranquilidad.

Mi amiga meneó la cabeza.

—No me refiero al campo. Yo lo único que sé es que ha tenido cuatro doncellas en los seis últimos meses; y la última, que era amiga mía, me dijo que nadie podía soportar la casa.

—¿Te dijo por qué? —pregunté.

—No, no me dijo el motivo… Pero me dijo: «Ansey, si ves a alguna joven como tú que piense ir allí, dile que no se moleste en deshacer el equipaje».

—¿Es joven y bonita? —pregunté, pensando en el señor Brympton.

—¡Qué va! Es la clase de chica que las madres contratan cuando tienen alegres jovencitos en la universidad.

Bueno, aunque sabía que esta mujer era una charlatana, sus palabras me afectaron bastante, y el alma se me encogió más que nunca al llegar a Brympton, ya anocheciendo. Había algo en la casa, ahora estaba segura…

Cuando entré a tomar el té, oí decir que el señor Brympton había llegado, y me bastó una mirada para darme cuenta de que había ocurrido algo. La mano de la señora Blonder temblaba de tal manera que apenas podía servir té, y el señor Wace citó lo más espantosos textos cargados de azufre. Nadie me dijo una palabra entonces, pero cuando subí a mi habitación, la señora Blinder me siguió.

—¡Ay, querida! —dijo, cogiéndome la mano—. ¡Qué contenta y agradecida estoy de que hayas vuelto con nosotros!

Esto me extrañó, como es de suponer.

—¿Por qué? —dije—. ¿Creíais que iba a marcharme para siempre?

—No, no; claro que no —dijo un poco confundida—. Es que no soporto tener que dejar sola a la señora ni por un solo día —me apretó fuertemente la mano y—: ¡Ay, Hartley! —dijo—. Sé buena con la señora, como cristiana que eres —y dicho esto salió precipitadamente, dejándome boquiabierta.

Un momento después, Agnes me avisó de que fuese a ver a la señora Brympton. Al oír la voz de la señora Brympton en su habitación, di la vuelta por la trasalcoba, pensando que debía sacarle el vestido para la cena, antes de entrar. La trasalcoba es una amplia habitación de vestirse, con una ventana abierta sobre el pórtico que mira hacia el parque. Las habitaciones de la señora Brympton están al lado. Al entrar, la puerta que daba al dormitorio estaba entornada, y oí que el señor Brympton decía irritado:

—¿Debe suponerse que es la única persona apropiada para conversar contigo?

—No tengo muchas visitas en invierno —contestó la señora Brympton serenamente.

—¡Me tienes a mí! —le soltó él, con desprecio.

—Tú no estás aquí casi nunca —dijo ella.

—Bueno, ¿de quién es la culpa? Tú animas la casa casi tanto como el panteón de la familia.

Entonces moví los objetos del tocador para advertir de mi presencia a mi señora, y ella se levantó y me dijo que pasara.

Cenaron los dos solos, como de costumbre, y comprendí, por la actitud del señor Wace durante nuestra cena, que las cosas andaban mal. Citó algo terrible de los profetas, lo que afectó de tal modo a la fregona, que se marchó, pretextando que iba a guardar el fiambre en la nevera. Yo estaba nerviosa, y después de acostar a mi señora me sentí medio tentada de bajar a convencer a la señora Blinder de que se quedase un rato a jugar una partida de cartas. Pero la oí cerrar su puerta al retirarse, así que continué hacia mi habitación. La lluvia había empezado otra vez; y me parecía que el ploc, ploc, ploc del goteo me golpeaba el cerebro. Permanecí despierta, escuchándola, y dándole vueltas a lo que me había dicho mi amiga en el pueblo. Lo que me tenía perpleja era que fuesen siempre las doncellas las que se marchaban.

Un rato después me dormí; pero súbitamente me despertó un fuerte ruido: acababa de sonar mi campanilla. Me incorporé aterrada ante el inusitado tintineo, que parecía prolongar su estridencia en la oscuridad. Me temblaban las manos de tal manera que no conseguía encontrar los fósforos. Por último, encendí una luz y salté de la cama. Empezaba a pensar que debía de haberlo soñado, pero miré la campanilla adosada a la pared y allí estaba el pequeño macillo estremeciéndose aún.

Había empezado a vestirme atropelladamente cuando oí otro ruido. Esta vez fue la puerta de la habitación cerrada de enfrente al abrirse y cerrarse quedamente. Oí el ruido con claridad, y me asusté tanto que me quedé paralizada. Luego oí unos pasos apresurados por el pasillo, en dirección al cuerpo principal de la casa. Dado que el piso estaba alfombrado, el ruido de los pasos era muy apagado; sin embargo, estaba segura de que eran pasos de mujer. Este pensamiento me heló, y durante un minuto no me atreví a moverme ni a respirar siquiera. Luego recobré los sentidos.

«Alice Hartley —me dije a mí misma—, alguien acaba de salir de esa habitación ahora mismo y se aleja corriendo por el pasillo. La idea no es agradable, pero tienes que afrontarla: tu ama te ha llamado, y para responder a la campanilla tienes que recorrer el mismo trayecto que esa otra mujer».

Así que lo recorrí. Jamás he caminado más deprisa en mi vida, aunque pensé que nunca llegaría al otro extremo del pasillo y a la habitación de la señora Brympton. En el trayecto no oí nada ni vi nada: todo estaba oscuro y tranquilo como una tumba. Al llegar a la puerta de mi señora, el silencio era tan profundo que empecé a pensar que lo había soñado todo, y estaba medio decidida a regresar. Entonces el pánico se apoderó de mí, y llamé.

No obtuve respuesta, y llamé otra vez, fuerte. Para mi asombro, abrió la puerta el señor Brympton. Al verme, dio un salto atrás; su rostro, a la luz de mi vela, parecía encendido, salvaje.

—¿Tú? —dijo, con voz extraña—. Pero ¿cuántas sois, en nombre de Dios?

Al oírlo sentí que el suelo cedía abajo mis pies; pero me dije a mí misma que había estado bebiendo, y contesté lo más firmemente que pude:

—¿Puedo pasar, señor? La señora Brympton me ha llamado con la campanilla.

—Por mí podéis pasar todas —dijo, y empujándome a un lado, bajó al salón y se metió en su propio dormitorio. Lo vi alejarse y, para mi sorpresa, noté que caminaba tan derecho como un hombre sobrio.

Encontré a mi señora muy débil e inmóvil, pero forzó una sonrisa cuando me vio y me hizo seña de que le sirviese unas gotas. Después siguió echada, sin hablar. Su respiración se hizo más acelerada y cerró los ojos. De pronto, buscó a tientas con la mano.

—Emma —dijo, desmayadamente.

—Soy Hartley, señora —dije—. ¿Desea algo?

Abrió unos ojos dilatados y me miró con asombro.

—Estaba soñando —dijo—. Ya puedes irte, Hartley; y gracias por tu amabilidad. Me siento completamente bien otra vez, como ves —y se volvió hacia el otro lado.

III

No volví a conciliar el sueño esa noche, y agradecí la llegada del día.

Poco más tarde, Agnes me avisó de que fuese a ver a la señora Brympton. Temí que se hubiese vuelto a poner mala, ya que raramente me mandaba llamar antes de las nueve. Pero la encontré sentada en la cama, pálida y desencajada, aunque completamente dueña de sí.

—Hartley —dijo con rapidez—, ¿quieres arreglarte y llegarte al pueblo por mí? Necesito que me preparen esta receta… —vaciló un momento, y se ruborizó—; me gustaría que estuvieses de regreso antes de que se levantase el señor Brympton.

—Por supuesto, señora —dije.

—Y… otra cosa —me hizo volver, como si acabara de ocurrírsele una idea —; mientras esperas a que la preparen, te da tiempo a acercarte a casa del señor Ranford y entregarle esta nota.

El pueblo estaba a unas dos millas, y durante el trayecto tuve tiempo de darles vueltas a mis pensamientos. Me pareció extraño que mi señora quisiera esta medicina a espaldas del señor Brympton. Y al relacionar esto con la escena de la noche anterior y con muchas otras cosas que había notado y sospechado, empecé a preguntarme si la pobre no estaría cansada de la vida y habría llegado a la insensata decisión de ponerle fin. La idea se apoderó de mí de tal manera que llegué al pueblo a la carrera, y me dejé caer en una silla ante el mostrador de boticario. El buen hombre, que estaba abriendo los postigos, se quedó mirándome tan severamente que me hizo volver en mí.

—Señor Limmel —dije, tratando de hablar con indiferencia—, ¿querría echar una mirada a esto y decirme si es completamente normal?

Se puso los lentes y examinó la receta.

—Vaya, es del doctor Walton —dijo—. ¿Qué podría tener de anormal?

—Bueno… ¿es peligrosa de tomar?

Habría sacudido a este hombre por su estupidez.

—Quiero decir que… si una persona toma demasiada, por equivocación, naturalmente… —dije, con el corazón en un puño.

—¡Dios bendito, no! Es sólo agua de cal. Podría administrarle un frasco entero a un niño de pecho.

Di un gran suspiro de alivio y corrí a casa del señor Ranford. Pero por el camino me vino otro pensamiento: si no había nada que ocultar sobre mi visita al boticario, ¿sería el otro recado lo que la señora Brympton quería mantener en secreto? De alguna manera, esta idea me asustó más que la otra. Sin embargo, los dos caballeros parecían ser grandes amigos, y habría sido capaz de apostar mi cabeza sobre la virtud de mi señora. Me avergoncé de mis sospechas y concluí que aún estaba alterada por los extraños sucesos de la noche anterior. Dejé la nota en casa del señor Ranford, regresé apresuradamente a Brympton y entré por una puerta de servicio sin ser vista, según creía yo.

Una hora más tarde, sin embargo, cuando llevaba el desayuno a mi señora, me detuvo el señor Brympton en el vestíbulo.

—¿Qué hacías fuera tan temprano? —me preguntó, mirándome con severidad.

—¿Temprano… yo, señor? —dije con un estremecimiento.

—Vamos, vamos —dijo él, al tiempo que le surgía una mancha rojiza de ira en la frente—. ¿Acaso no te he visto volver corriendo por los arbustos hace una hora o más?

Soy sincera por naturaleza, pero en esta ocasión me salió una mentira sin pensar:

—No señor, eso no es verdad —dije, y le devolví la mirada con firmeza.

Él se encogió de hombros y soltó una horrible risotada.

—Supongo que anoche pensaste que estaba borracho —me preguntó de pronto.

—No señor, no lo pensé —contesté, esta vez con sinceridad.

Se alejó con otro encogimiento de hombros:

—¡Bonita idea tienen de mí mis criados! —le oí murmurar mientras se alejaba.

Hasta que no me senté ante mi labor, por la tarde, no me di cuenta de hasta qué punto me habían alterado los acontecimientos de la noche. No podía pasar por delante de aquella puerta cerrada sin un estremecimiento. Sabía que había oído a alguien salir de ella y avanzar por el corredor delante de mí. Pensé hablar con la señora Blinder o con el señor Wace, los únicos de la casa que parecían tener alguna noción de lo que ocurría, pero me daba la impresión de que si les preguntaba lo negarían todo, y que averiguaría más si mantenía la boca cerrada y los ojos abiertos. La idea de pasar otra noche enfrente de aquella habitación cerrada me producía malestar, y una de las veces me dieron ganas de meter mis cosas en el baúl y coger el primer tren para la ciudad; pero no me sentía capaz de dejar plantada de ese modo a una señora tan amable, y traté de reanudar mi labor como si nada hubiese ocurrido. No llevaba ni diez minutos trabajando cuando se estropeó la máquina de coser. Era una que había encontrado en la casa; aunque algo averiada, funcionaba: la señora Blinder dijo que no se había usado desde la muerte de Emma Saxon. Me puse a ver qué le pasaba, y cuando la estaba manipulando se abrió un cajón que yo no había podido abrir nunca, y cayó de él una fotografía. La cogí y me quedé mirándola, perpleja. Era de una mujer; y me di cuenta de que había visto aquella cara en alguna parte: los ojos tenían una mirada interrogante que yo había sentido antes sobre mí. Súbitamente, recordé a la pálida mujer del corredor.

Me levanté impresionada, y salí corriendo de la habitación. Me parecía como si el corazón me latiese en lo alto de la cabeza, y pensé que no iba a escapar nunca de la mirada de esos ojos. Fui directamente a ver a la señora Blinder. Se había echado un rato, y se incorporó vivamente al entrar yo.

—Señora Blinder —dije—, ¿quién es ésta? —le tendí la fotografía.

Se frotó los ojos y la miró.

—¡Vaya, es Emma Saxon! —dijo—. ¿Dónde la has encontrado?

La miré seriamente un minuto.

—Señora Blinder —dije—, yo he visto esa cara antes.

La señora Blinder se levantó y se dirigió al espejo:

—¡Válgame Dios! Me he quedado dormida —dijo—. Tengo el postizo caído sobre una oreja. Y debo salir corriendo, Hartley, querida; he oído dar las cuatro y tengo que bajar ahora mismo a sacar el jamón de Virginia para la cena del señor Brympton.

A todos los efectos, las cosas siguieron de costumbre durante una semana o dos. La única diferencia estaba en que el señor Brympton se había quedado, en vez de marcharse como hacía habitualmente, y que el señor Ranford no se dejaba ver. Oí el comentario del señor Brympton a propósito de esto una tarde, sentado en la habitación de mi señora antes de la cena:

—¿Dónde está Ranford? —dijo—. No se acerca a la casa desde hace una semana. ¿Se mantiene alejado porque estoy yo aquí?

La señora Brympton habló tan bajo que no conseguí entender lo que decía.

—Bien —prosiguió él—. Dos es compañía y tres, engaño. Siento cruzarme en el camino de Ranford. Creo que marcharé otra vez, dentro de un día o dos, para darle una oportunidad —y se rio de su propia gracia.

Al día siguiente, casualmente, vino a visitarlos. El lacayo contó que los tres estaban muy contentos tomando el té en la biblioteca, y el señor Brympton acompañó hasta la verja al señor Ranford cuando éste se marchó.

He dicho que las cosas siguieron como de costumbre. Y así era en lo que se refiere al resto de la casa. En cuanto a mí, no había vuelto a ser la misma desde que había sonado la campanilla. Noche tras noche permanecía despierta, atenta a si volvía a sonar y a si se abría furtivamente la puerta de la habitación cerrada. Pero ni sonaba la campanilla, ni se oía ruido alguno en el corredor. Por último, el silencio empezó a hacérseme más espantoso que los más misteriosos ruidos. Sentía que había alguien agazapado, detrás de la puerta cerrada, vigilando y escuchando mientras yo vigilaba y escuchaba. Y casi me daban ganas de gritar: «¡Quienquiera que seas, sal y deja que te mire cara a cara, y no te escondas ahí a espiarme en la oscuridad!».

Puesto que me hallaba en ese estado, quizá les extrañe que no dijera a nadie lo que ocurría. Una vez estuve a punto de hacerlo; pero en el último instante algo me contuvo. No sé si fue por compasión a mi señora, que cada vez confiaba más en mí, o por las pocas ganas que tenía de buscar otra colocación, el caso es que vivía como hechizada, aunque las noches me resultaban espantosas y los días muy poco mejores.

En primer lugar, no me gustaba el espejo de la señora Brympton. Al igual que yo, no volvió a ser la misma desde esa noche. Pensé que reviviría cuando se fuese el señor Brympton; pero aunque parecía más tranquila, su ánimo no se restableció, ni sus fuerzas tampoco. Me había tomado afecto, y parecía gustarle tenerme cerca. Agnes me contó un día que desde la muerte de Emma Saxon, yo era la única doncella a la que la señora había cobrado cariño. Esto despertó en mí un cálido sentimiento hacia la pobre dama, aunque en realidad era poco lo que yo podía hacer para ayudarla.

Después de marcharse el señor Brympton, el señor Ranford comenzó a venir otra vez, aunque con menos frecuencia que antes. Lo encontré una vez o dos en el parque, o en el pueblo, y no pude por menos de pensar que había cambiado también. Pero lo atribuí a mi imaginación trastornada.

Pasaron las semanas, y hacía un mes que el señor Brympton estaba ausente. Oímos decir que había emprendido un viaje a las Antillas con un amigo, y el señor Wace dijo que eso era muy lejos, pero que aunque tuviese alas de paloma y volase a la región remota del mundo, no podría huir del Todopoderoso. Agnes dijo que ya podía el Todopoderoso llamarlo y acogerlo en su seno, y así mantenerlo lejos de Brympton, comentario que nos hizo reír, aunque la señora Blinder trató de mostrarse enfadada y el señor Wace dijo que los osos nos iban a devorar.

Todos nos alegramos de saber que las Antillas era un lugar tan lejano; y recuerdo que, a pesar las miradas solemnes del señor Wace, tuvimos una cena muy distendida ese día en la casa. No sé si era que me sentía más animada, pero me daba la impresión de que la señora Brympton tenía mejor color, también, y parecía más alegre. Había salido a dar un paseo por la mañana y después de comer se retiró a su habitación, a echarse. Yo le leí en voz alta. Cuando me despidió, subí a mi cuarto totalmente contenta y feliz; y por primera vez desde hacía semanas pasé por delante de la puerta cerrada sin reparar en ella. Al sentarme en mi labor, miré hacia la ventana y vi que caían algunos copos de nieve. Esta visión era más agradable que la sempiterna lluvia, e imaginé lo precioso que estaría el parque desnudo con su manto blanco. Me parecía como si la nieve cubriese todas las tristezas, tanto las de fuera como las de dentro de casa.

Apenas me cruzó esta idea por la cabeza, cuando oí pasos detrás de mí. Alcé los ojos, convencida de que era Agnes.

—Hola, Agnes… —dije, y las palabras se me helaron en los labios; porque allí, en la puerta, estaba Emma Saxon.

No sé cuánto rato hacía que estaba allí. Sólo sé que yo no podía moverme ni apartar los ojos de ella. A continuación me sentí terriblemente asustada; pero al mismo tiempo, no era miedo lo que sentía, sino algo más hondo y sosegado. Me miró larga, severamente, y su rostro era una muda súplica dirigida a mí. Pero ¿cómo podía ayudarla? De pronto dio media vuelta y la vi alejarse por el corredor. Esta vez no tuve miedo de seguirla… Comprendí que quería que supiese algo. Me levanté de un salto y salí deprisa. Estaba ya en el otro extremo del corredor y pensé que se dirigía a la habitación de mi señora. Pero en vez de eso, abrió la puerta que conducía a la escalera de atrás. Bajé tras ella y la seguí por el pasillo que conducía a la puerta trasera. La cocina y el comedor estaban desiertos a estas horas, ya que los criados habían salido de servicio, salvo el lacayo, que estaba en la despensa. Se detuvo en la puerta un instante y me dirigió una mirada; luego hizo girar el pomo, y salió. Vacilé un minuto. ¿Adónde me llevaba? La puerta se había cerrado suavemente; la abrí y me asomé, casi esperando que hubiera desaparecido. Pero la vi unos metros más allá, que cruzaba el patio rápidamente, y se alejaba por el sendero que se adentraba en el bosque. Su figura destacaba oscura y solitaria y pensé volver. Pero seguía tras ella. Cogí un viejo mantón de la señora Blinder y salí a toda prisa.

Emma Saxon estaba ahora en el sendero del bosque. Caminaba decidida. La seguí al mismo paso y cruzamos la verja y salimos al camino real. Entonces echó a andar a campo traviesa, hacia el pueblo. El suelo estaba blanco, y cuando subía por la ladera de una colina pelada que se alzaba delante de mí, observé que sus pies no dejaban huellas. Al darme cuenta de ese detalle, el corazón me dio un vuelco y me flojearon las rodillas. En cierto modo, era peor aquí que dentro de la casa: hacía que el campo entero pareciese una tumba, sin nadie más que nosotras dos, y sin ayuda ninguna del ancho mundo.

Una vez intenté dar media vuelta, pero ella se volvió y me miró, y fue como si tirase de mí con una cuerda. A partir de ese instante la seguí como un perro. Llegamos al pueblo y me guio a través de él; pasamos la iglesia y la herrería y nos metimos por la calle donde se encuentra la casa del señor Ranford, cerca ya de la carretera: es un edificio visiblemente antiguo, con un sendero enlosado entre dos bordes de boj que conduce a la puerta. La calle estaba desierta, y al meterme en ella vi que Emma Saxon se detenía bajo un viejo olmo que había junto a la entrada. Ahora me asaltó otro temor. Comprendí que habíamos llegado al final de nuestro camino y que me tocaba actuar. Durante todo el trayecto, desde Brympton, me había estado preguntando qué querría de mí; pero la había seguido en estado de trance, por así decir, y hasta que no la vi detenerse ante la verja del señor Ranford no empezó a aclararse mi cerebro. Me detuve a cierta distancia, en medio de la nieve, con el corazón palpitándome con dolorosa violencia y los pies helados en el suelo; Emma Saxon estaba inmóvil al pie del olmo y me miraba.

Yo sabía muy bien que no me había traído aquí en vano. Me daba cuenta de que iba a hacer o decir algo… Pero ¿cómo podía adivinar el qué? Jamás se me habría ocurrido causar daño a mi señora y al señor Ranford, pero ahora estaba segura de que, por una u otra razón, se cernía sobre ellos algo espantoso. Emma Saxon sabía qué era; me lo diría si podía. Quizá contestase si le preguntaba.

La idea de hablar con ella me produjo vértigo; pero haciendo acopio de todo mi valor, avancé las pocas yardas que nos separaban. En ese instante oí abrirse la puerta de la casa y vi acercarse al señor Ranford. Su aspecto era hermoso y alegre, igual que el de mi señora por la mañana. Y al verlo, la sangre volvió a circularme por las venas.

—Hola Hartley —dijo—. ¿Qué ocurre? Te he visto venir por la calle y salgo a ver si has echado raíces en la nieve —se detuvo, y se quedó mirándome—. ¿Qué miras? —dijo.

Me volví hacia el olmo mientras me hablaba, y sus ojos me siguieron, pero allí no había nadie. La calle estaba vacía en todo lo que alcanzaba la vista.

Me invadió una sensación de desamparo. Emma Saxon se había ido, y yo no era capaz de adivinar qué quería. Su última mirada me había traspasado hasta el tuétano. ¡Y sin embargo, no me había hablado! De repente me sentí más desolada que cuando la tenía delante, vigilándome. Era como si me hubiese dejado para que llevase yo sola el peso del secreto que no podía adivinar. La nieve me envolvió en grandes círculos y el suelo cedió debajo de mí…

Una gota de coñac y el calor de la chimenea del señor Ranford me ayudaron a volver en mí, y supliqué que me llevasen inmediatamente a Brympton. Era casi de noche y tenía miedo de que mi señora me necesitara. Le expliqué al señor Ranford que había salido a dar un paseo y que me había dado un mareo al pasar por delante de su verja. Era bastante cierto; sin embargo, jamás me he sentido más mentirosa.

Cuando vestí a la señora Brympton para la cena se dio cuenta de la palidez de mi cara y me preguntó qué me pasaba. Le contesté que me dolía la cabeza; entonces dijo que no iba a necesitarme más esa noche, y me aconsejó que me acostase.

Era cierto que apenas podía tenerme de pie; sin embargo, no me hacía ninguna gracia pasar la noche sola en mi habitación. Permanecí abajo, en el salón, todo el tiempo que fui capaz de mantener levantada la cabeza; pero a las nueve subí, demasiado cansada para importarme lo que sucediera, con tal de apoyar la cabeza en la almohada. El resto de la servidumbre se fue a acostar poco después. Antes de las diez oí cerrarse la puerta de la señora Blinder y poco después la del señor Wace.

Fue una noche tranquila, con la tierra y el aire acolchados de nieve. Una vez en la cama me sentí mejor y me puse a escuchar los extraños ruidos que se producen en una casa después de oscurecer. Una de las veces me pareció oír abrirse y cerrarse una puerta, abajo: podía ser la cristalera que daba al jardín. Me levanté y me asomé a la ventana; pero no había luna y no se veía nada, salvo los rociones de nieve en los cristales.

Me volví a meter en la cama y debí adormilarme, ya que me sobresalté con el tintineo furioso de la campanilla. Antes de desplazarme del todo había saltado de la cama y estaba buscando mi ropa. «Va a ocurrir ahora», me sorprendí diciéndome a mí misma; pero no tenía ni idea de lo que quería decir. Mis manos parecían pringadas de engrudo, me daba la sensación de que jamás acabaría de vestirme. Finalmente abrí la puerta y me asomé al corredor. Hasta donde alumbraba la llama de mi vela no vi nada fuera de lo normal ante mí. Seguí andando apresuradamente, sin aliento; pero al empujar la puerta batiente que daba al salón principal, el corazón me dio un vuelco: porque allí, en lo alto de la escalera, estaba Emma Saxon mirando aterrada hacia la oscuridad de abajo.

Durante un segundo fui incapaz de moverme. Pero mi mano se soltó de la puerta y, al cerrarse, desapareció la figura. En ese mismo instante sonó otro ruido abajo; un ruido furtivo, misterioso, como el girar de una llave en la puerta de la entrada. Corrí a la habitación de la señora Brympton y llamé.

No obtuve respuesta, y volví a llamar. Esta vez oí a alguien en la habitación; se descorrió el cerrojo y apareció mi señora ante mí. Para mi sorpresa, no se había desvestido. Me dirigió una mirada sobresaltada.

—¿Qué te pasa, Hartley? —susurró—. ¿Te encuentras mal? ¿Qué haces aquí a estas horas?

—No me siento mal, señora. Es que ha sonado mi campanilla.

Al oír esto palideció y pareció a punto de desmayarse.

—Te has equivocado. Yo no te he llamado. Debes de haberlo soñado. —Nunca la había oído hablar en ese tono—. Vete a dormir —dijo, al tiempo que cerraba la puerta.

Pero mientras hablaba, oí otra vez ruido abajo en el vestíbulo, pasos de hombre esta vez. Y comprendí toda la verdad.

—Señora —dije, empujándola para entrar—, alguien acaba de llegar a casa...

—¿Alguien?

—Me parece que el señor Brympton... He oído pasos abajo.

Una expresión de terror afloró en su rostro y, sin proferir una sola palabra, se desplomó a mis pies. Caí de rodillas para incorporarla. Por la forma en que respiraba comprendí que no se trataba de un desmayo corriente. Pero mientras le levantaba la cabeza, oí unos pasos rápidos que cruzaban el vestíbulo y subían la escalera; se abrió la puerta de golpe, y allí estaba el señor Brympton con ropa de viaje, y goteándole la nieve. Retrocedió con sorpresa y alarma al verme arrodillada junto a mi señora.

—¿Qué demonios es esto? —exclamó. Estaba menos colorado de lo normal y se le había ido la mancha roja de la frente.

—La señora Brympton se ha desmayado, señor —dije. Soltó una risotada y me apartó a un lado.

—Es una pena que no haya escogido un momento más oportuno. Siento molestar, pero…

Me levanté horrorizada ante la reacción de este hombre.

—¡Señor! —dije—, ¿está loco? ¿Qué va a hacer?

—Voy a saludar a un amigo —dijo, e hizo ademán de dirigirse a la trasalcoba.

El corazón se me paralizó. No sé en qué pensé ni qué temí, pero me levanté de un salto y lo cogí de la manga.

—¡Señor, señor —dije—; por piedad, mire a su esposa!

Se zafó de mí furiosamente.

—Parece que esto se ha acabado para mí —dijo, y agarró la puerta de la trasalcoba.

En ese instante oí un leve ruido en el interior. Aunque fue muy ligero, él lo oyó también, y abrió de golpe. Pero al hacerlo dio un paso atrás: en el umbral estaba Emma Saxon. Todo estaba oscuro detrás, pero a ella la vi claramente, y él también; y alzó las manos como para ocultar su visión. Cuando volví a mirar, había desaparecido.

Él se había quedado inmóvil, como si sus fuerzas le hubiesen abandonado; y en medio de esta quietud, se incorporó súbitamente mi señora y, abriendo los ojos, clavó una mirada en él. Luego se desplomó, y vi aletear la muerte en su rostro…

La enterramos al tercer día, en medio de una fuerte nevada. Había poca gente en la iglesia, ya que hacía mal tiempo para venir desde el pueblo, y me da la impresión de que mi señora no era de las que tienen muchas amistades. El señor Ranford fue de los últimos en llegar, poco antes de que la trasladaran a la nave. Acudió de negro, naturalmente, dado que era íntimo de la familia. Jamás vi a un caballero tan pálido. Al pasar junto a mí observé que se apoyaba un poco en un bastón que llevaba. Creo que el señor Brympton lo vio también, porque le apareció la mancha roja de la frente, y durante todo el oficio permaneció con la mirada fija en el señor Ranford, en vez de seguir las oraciones, como sería lo propio en una persona afligida.

Cuando terminó la ceremonia y nos dirigimos al cementerio, el señor Ranford se había ido; y tan pronto como el cuerpo de mi infortunada señora estuvo bajo tierra, el señor Brympton subió al coche más cercano a la entrada y se fue sin decirnos una palabra a ninguno de nosotros. Le oí gritar «A la estación»; y los criados regresamos solos a casa.

****

DESPUÉS

I

—Sí; hay uno, por supuesto; pero no sabréis que lo es.

La aseveración, lanzada alegremente seis meses antes en un radiante jardín de junio, volvió a Mary Boyne con una nueva dimensión de su significado, en la oscuridad de diciembre, mientras esperaba a que trajesen las lámparas a la biblioteca.

Estas palabras las había pronunciado su amiga Alida Stair, cuando tomaba el té en su jardín de Pangbourne, refiriéndose a la misma casa cuyo «elemento» principal era la biblioteca en cuestión. A su llegada a Inglaterra, Mary Boyne y su marido, buscando un rincón apartado en uno de los condados del sur o el sureste, habían confiado esta misión a Alida Stair, quien lo había resuelto perfectamente; aunque no sin que antes hubiesen rechazado, casi caprichosamente, varias sugerencias prácticas y prudentes que les brindó: «Bueno, está Lyng, en Dorsetshire. Pertenece a los primos de Hugo, y podéis conseguirla por un precio de ganga».

Las razones que dio por las que podían comprarla tan barata —estar lejos de la estación, no tener luz eléctrica ni instalación de agua caliente y demás necesidades vulgares—, eran exactamente las que concurrían a favor para una pareja de románticos americanos que buscaban perversamente aquellas gangas que se asociaban, en su tradición, con la inusitada gracia arquitectónica.

—Jamás creeré que vivo en una casa vieja, a menos que sea completamente incómoda —había insistido en broma Ned Boyne, el más extravagante de los dos—; el más pequeño indicio de comodidad me haría pensar que la había comprado en una exposición, con las piezas numeradas y vueltas a montar.

Y se habían puesto a recitar con humorística precisión la lista de sus diversas dudas y exigencias, negándose a creer que la casa que la prima les recomendaba fuese realmente de estilo Tudor, hasta que se enteraron de que carecía de calefacción central, y de que la iglesia del pueblo estaba literalmente en su terreno, además de recalcarles la lamentable incertidumbre en cuanto al abastecimiento de agua.

—¡Es demasiado incómoda para ser cierto!

Edward Boyne se había ido animando a medida que le sonsacaban la confesión de un nuevo inconveniente, y de repente interrumpió su rapsodia para preguntar, con súbita desconfianza:

—¿Y el fantasma? ¡Nos estás ocultando que no tiene fantasma!

Mary, en ese momento, se había reído con él; aunque, casi mientras reía, dotada como estaba de dotes perceptivas independientes, había captado una nota de sequedad en la respuesta alegre de Alida.

—Bueno, Dorsetshire está lleno de fantasmas.

—Sí, sí; pero eso no me vale. Yo no quiero tener que viajar diez millas para ver el fantasma de otro. Lo que quiero es uno que sea mío particular. ¿Hay alguno en Lyng?

La respuesta había hecho reír a Alida otra vez; y fue entonces cuando había exclamado tentadoramente:

—¡Sí, hay uno, por supuesto; pero no sabréis que lo es!

—¿No lo sabremos? —la atajó Boyne—. Pero ¿qué demonios da razón de ser a un fantasma sino el hecho de aparecerse a alguien?

—No sé; pero ésa es la historia.

—¿Que hay un fantasma, pero nadie sabe que es un fantasma?

—Bueno, en todo caso, hasta después.

—¿Hasta después?

—Hasta mucho, mucho después.

—Pero si ha sido identificado alguna vez como tal visitante extramundano, ¿por qué no se ha transmitido ese signalement en la familia? ¿Cómo se las ha arreglado para conservar su anonimato?

Alida solo pudo negar con la cabeza:

—No me preguntes; pero lo hay.

—Y luego, de repente —dijo Mary como desde las profundidades cavernosas de la adivinación—, de repente, mucho tiempo después, te dices a ti misma, ¿era él?

Se estremeció ante el sonido sepulcral con que la pregunta cayó sobre el humorismo de los otros dos, y vio cruzar fugazmente la sombra de la misma sorpresa en las pupilas de Alida.

—Supongo que sí. El único remedio es esperar.

—¡Bah, al diablo la espera! —interrumpió Ned—. La vida es demasiado corta para tener un fantasma del que sólo se puede disfrutar retrospectivamente. ¿No podríamos conseguir algo mejor, Alida?

Pero al parecer no pudieron, porque a los tres meses de su conversación con la señora Stair habían tomado posesión de Lyng, y la vida por la que habían suspirado, hasta el punto de planearla con todos sus detalles cotidianos, había empezado realmente para ellos.

Estar sentada, en la espesa oscuridad de diciembre, junto a una chimenea como ésta, de ancha campana, bajo unas vigas de roble ennegrecido, y con la sensación de que, más allá de los cristales, las llanuras se entenebrecían en una soledad más profunda: por permitirse el goce último de tales sensaciones era por lo que Mary Boyne, precipitadamente exiliada de Nueva York por los negocios de su marido, había soportado durante casi catorce años la desoladora fealdad del Medio Oeste, y por lo que había luchado Boyne tenazmente en su ingeniería, hasta que de una manera tan repentina que aún le hacía parpadear, la prodigiosa bicoca de la mina Blue Star les había puesto de golpe en situación de disponer de su vida y de los medios para saborearla. Jamás se les había ocurrido ni por un instante, en este nuevo estado, entregarse a la oscuridad; pero se habían hecho el propósito de dedicarse sólo a actividades amables. Ella pensaba en la pintura y la jardinería (sobre un fondo de muros grises); él soñaba con escribir su largamente planeado libro sobre el «fundamento económico de la cultura»; y con tan absorbente obra por delante, ninguna existencia podía ser demasiado aislada: no podrían alejarse lo suficiente del mundo, ni sumergirse lo suficiente en el pasado.

Dorsetshire les había atraído desde el principio por su aire de lejanía, independientemente de su situación geográfica. Para los Boyne, una de las maravillas de toda la increíblemente apretujada isla —nido de condados, como ellos la llamaban—, era que una pequeña cantidad de una cualidad dada tuviera tanto efecto: que tan pocas millas produjesen una distancia, y tan poca distancia una diferencia.

—Es —había explicado una vez Ned con entusiasmo— lo que da esa profundidad a sus efectos, ese relieve a sus contrastes. Han sido capaces de poner una buena capa de mantequilla en cada bocado delicioso.

A decir verdad, habían puesto buena cantidad de maquillaje en Lyng: la vieja casa, oculta bajo el lomo de las colinas, reunía casi todos los signos hermosos del comercio con un pretérito dilatado. El mero hecho de que no fuese grande ni extraordinaria hacía, para los Boyne, más perfecto su encanto especial: el de haber sido durante siglos un profundo y oscuro depósito de vida. Probablemente no había sido una vida de las más animadas: durante largos períodos, indudablemente, se había ido hundiendo silenciosamente en el pasado mientras la apacible llovizna del otoño caía, hora tras hora, en el estanque de peces entre los tejos; pero estos remansos de existencia alimentaban a veces, en sus perezosas profundidades, extrañas sacudidas de emoción; y Mary Boyne había sentido desde el principio la misteriosa agitación de unos recuerdos más intensos.

Nunca había sido más grande esta impresión que una tarde en que, esperando en la biblioteca a que trajesen las lámparas, se levantó de la butaca y se quedó de pie entre las sombras del hogar. Su marido había salido después de comer a dar uno de sus largos paseos por las colinas. Había observado que últimamente prefería ir solo; y con la probada seguridad de sus relaciones personales, se había visto obligada a concluir que le tenía preocupado su libro, y que necesitaba las tardes para meditar en soledad los problemas surgidos durante el trabajo de la mañana. Ciertamente, el libro no marchaba tan bien como había creído, y entre sus ojos aparecieron unas arrugas de perplejidad que nunca habían existido en sus tiempos de ingeniero. En aquel entonces traía a casa muchas veces un aspecto fatigado que rayaba en la enfermedad; pero el demonio innato de la preocupación jamás había marcado su entrecejo. Sin embargo, las pocas páginas que habían llegado a leerle —la introducción y un resumen del capítulo primero— mostraban un firme dominio del tema, y una creciente confianza en sus fuerzas.

El hecho le sumió en una perplejidad aún mayor, porque, ahora que había dejado los negocios y sus enojosas contingencias, la otra posible fuente de ansiedad quedaba eliminada. A menos que fuese su salud, entonces. Pero físicamente había mejorado desde que se habían venido a Dorsetshire: estaba más fuerte, con mejor color y tenía aspecto más sano. Sólo desde hacía una semana había notado en él ese cambio indefinible que la llenaba de inquietud cuando estaba ausente y la enmudecía en su presencia, como si fuese ella quien ocultara un secreto.

El pensamiento de que había un secreto entre los dos le sobrevino como un golpe inesperado; y miró a su alrededor, por toda la habitación.

—¿Será la casa? —pensó.

La misma habitación podía estar llena de secretos. Parecían acumularse, mientras caía la tarde, como las capas y capas de sombras aterciopeladas que colgaban del bajo techo, las filas de libros, los relieves ahumados de la chimenea.

—¡Pues claro, la casa está encantada! —reflexionó.

El fantasma —el fantasma inaprensible de Alida—, tras figurar abundantemente en las bromas de los primeros meses en Lyng, se había ido quedando arrinconado poco a poco por su influencia como estimulante imaginativo: Mary, convertida en moradora de una casa encantada, había hecho las habituales preguntas a la gente campesina de la vecindad; pero aparte de un vago «eso dicen, señora», los lugareños no pudieron añadir más. Al parecer, el escurridizo espectro nunca había tenido identidad suficiente para que cristalizase una leyenda a su alrededor; y al cabo de un tiempo los Boyne tomaron el asunto a beneficio de inventario, conviniendo en que Lyng era una de las pocas casas lo bastante buenas en sí mismas para necesitar de aditamentos sobrenaturales.

—Y supongo que por eso el pobre demonio inocuo bate inútilmente sus alas en el vacío —había concluido Mary alegremente.

—O tal vez —había contestado Ned en el mismo tono humorístico—; en un ambiente tan fantasmal como éste no logra afirmar su existencia separada como el fantasma.

Y a partir de entonces el invisible compañero de residencia había quedado definitivamente al margen de sus conversaciones, que eran suficientemente abundantes para hacerles olvidar dicha pérdida.

Ahora, de pie junto al hogar, el tema de su anterior curiosidad revivió en ella con un sentido nuevo de su significado, un sentido adquirido poco a poco a través del contacto con el escenario del misterio oculto. Era la casa misma, por supuesto, que poseía el don de la evocación fantasmal, y conversaba visual aunque secretamente con su propio pasado. Si consiguiese entrar en íntima comunión con la casa, podría sorprender la visión del fantasma. Quizá su marido lo había visto ya en sus largas horas pasadas en esta misma habitación, donde jamás se demoraba ella después del atardecer, y sobrellevaba en silencio el peso de lo que le hubiese revelado. Mary conocía demasiado bien el código del mundo espectral para ignorar que uno puede ver fantasmas y no hablar con ellos: hacerlo suponía una falta de tacto casi tan grande como mencionar a una dama en un club. Pero esta explicación no le satisfacía verdaderamente.

«Al fin y al cabo —pensó—, ¿qué interés puede tener para él un viejo fantasma, aparte de proporcionarle algún divertido escalofrío?». Y volvió una vez más al dilema fundamental: al hecho de que la mayor o menor susceptibilidad a los influjos espectrales no tenía que ver con el caso, ya que, cuando uno veía al fantasma de Lyng, no lo sabía.

«Al menos hasta mucho después», había dicho Alida Stair. Bueno, ¿y si Ned lo había visto al principio de llegar, y se había enterado hacía apenas una semana de lo que le había pasado? Sumida cada vez más en el hechizo de la hora, se retrotrajo a los primeros días de mudarse; al principio, sólo para recordar una viva confusión de deshacer equipajes, instalarse, ordenar libros, y llamarse el uno al otro desde los remotos rincones de la casa cada vez que descubrían alguno de sus tesoros. Precisamente en relación con esto recordaba ahora cierta tarde suave del octubre anterior en que, al pasar del entusiasmo de las primeras exploraciones a la inspección detallada del viejo edificio, había presionado (como una heroína de novela) un entrepaño, y se había abierto al acceso a una escalera de caracol que conducía a una plataforma hacia la que, visto desde abajo, el tejado subía desde todos los lados con demasiada pendiente para poder escalar hasta ella, a menos que uno tuviese los pies avezados.

La vista desde esta meseta era espléndida; y había corrido a arrancar a Ned de sus papeles para hacerlo participar de su descubrimiento. Aún recordaba cómo, al ponerse a su lado, la había rodeado con su brazo mientras sus miradas se extendían hasta la línea ondulada del horizonte de lomas, y luego retrocedían tranquilamente para recorrer el arabesco de setos de tejo alrededor del estanque de los peces, y la sombra del cedro en el prado.

—Y ahora, en la otra dirección —había dicho él, volviéndola con el brazo que la rodeaba; y fuertemente apretada con él, había absorbido, como un largo trago reparador, el cuadro del patio de muros grises, los leones sentados en la entrada, y el paso de tilos que llegaba hasta la carretera, al pie de las lomas.

Fue precisamente entonces, mientras contemplaban cogidos el uno del otro, cuando notó que se aflojaban los brazos de su marido, y oyó un agudo «¡caramba!», que hizo que se volviera hacia él.

Sí; ahora recordaba claramente que había visto, al mirar fugazmente, que una sombra de ansiedad, de perplejidad más bien, ensombrecía su rostro; y, siguiendo la dirección de sus ojos, había visto la figura de un hombre —un hombre vestido con ropas sueltas y grises, según le pareció— andando por el paseo de tilos hacia el patio, con el paso vacilante del extraño que trata de encontrar el camino. Los ojos miopes de Mary habían captado una imagen confusa, indistinta y gris, de aspecto extranjero, o al menos no local, en la silueta de la figura o en su ropa. Pero su marido había visto más, al parecer: había visto lo bastante para apartarla con un enérgico «¡espera!», y echar a correr escaleras abajo sin detenerse a ayudarla.

Su ligera propensión al vértigo la obligó, tras agarrarse momentáneamente a la chimenea contra la que se había estado apoyando, a seguir con precaución; y cuando llegó al rellano, se detuvo otra vez por un motivo menos definido, se inclinó sobre la barandilla, y se asomó a las silenciosas y oscuras profundidades rayadas de sol. Se demoró allí hasta que, en algún lugar de abajo, oyó cerrarse una puerta; entonces, movida por un impulso maquinal, bajó los breves tramos de escalera hasta que llegó al vestíbulo de la planta baja.

La puerta de la entrada estaba abierta al sol del patio, y tanto el vestíbulo como el patio estaban desiertos. La puerta de la biblioteca estaba abierta también; y tras escuchar en vano, por si oía voces en el interior, cruzó el umbral, y encontró a su marido solo, hojeando vagamente los papeles de su escritorio.

Levantó la vista como sorprendido de verla entrar, pero la sombra de ansiedad había desaparecido de su rostro, dejándolo sereno, según le pareció a ella, y algo más animado y alegre de lo habitual.

—¿Qué ha pasado? ¿Quién era? —preguntó ella.

—¿Quién? —repitió él, sorprendido todavía.

—Ese hombre que hemos visto venir hacia la casa.

Boyne pareció reflexionar.

—¿El hombre? Bueno, me pareció que era Peters; he echado a correr tras él para hablarle de los desagües del establo, pero había desaparecido antes de llegar yo.

—¿Había desaparecido? Pero si parecía caminar muy despacio cuando lo hemos visto.

Boyne se encogió de hombros.

—Eso me ha parecido a mí; pero debe de haber espesado la niebla en ese momento.

¿Qué te parece si subimos al Meldon Steep antes de la puesta del sol?

Eso fue todo. En aquel momento, el incidente no había tenido la menor trascendencia; había sido olvidado ante la magia del panorama que se desplegaba ante ellos desde el Meldon Steep, una cima que siempre habían soñado con escalar desde la primera vez que contemplaron su pico desnudo alzándose por encima del tejado de Lyng. Sin duda fue la coincidencia de que el otro incidente ocurriera el mismo día de la subida al Meldon, lo que hizo que éste quedara arrumbado en un rincón de la memoria, de donde ahora emergía; porque en sí mismo no tenía ningún detalle presagioso. En aquel momento, nada podía haber sido tan natural como que Ned bajara corriendo del tejado en persecución de un operario premioso. En esos días andaban siempre detrás de algún técnico del lugar, siempre esperando a que viniese, y acosándolo con preguntas, reproches o advertencias. Y desde luego, de lejos, la figura gris parecía Peters.

Ahora, en cambio, al evocar el incidente, se daba cuenta de que la explicación de su marido la desmentía la expresión de ansiedad de su rostro. ¿Por qué el aspecto familiar de Peters le había despertado tanta inquietud? ¿Por qué, sobre todo, si corría tanta prisa hablar con él de los desagües del establo, el hecho de no encontrarle le había producido tanto alivio? Mary no podía decir que ninguna de estas preguntas se le hubiera ocurrido entonces; sin embargo, por la facilidad con que ahora surgían ante su evocación, le parecía que habían estado allí, aguardando su momento.

II

Cansada de sus propios pensamientos, se acercó a la ventana. La biblioteca estaba ahora totalmente a oscuras, y se sorprendió al ver la luz que había aún en el mundo exterior.

Al mirar hacia el patio, vio recortarse una figura a lo lejos, en la perspectiva de tilos desnudos: parecía un borrón de un gris más oscuro en la grisalla del paisaje; y al verlo venir hacia ella, el corazón le latió con fuerza ante el pensamiento: «¡Es el fantasma!».

Tuvo tiempo, en ese instante largo, de comprender de pronto que el hombre que había visto a lo lejos, dos meses antes, desde el tejado, estaba ahora, en su hora predestinada, a punto de revelar que no era Peters; y el alma se le encogió de terror ante esta inminente revelación. Pero casi al segundo siguiente marcado por el reloj, la figura, aumentando en consistencia y definición, se mostró a sus ojos debilitados como la de su marido; y salió a su encuentro al oírlo entrar, y le confesó su quimérica tontería.

—Es realmente absurdo —rio ella—; ¡pero nunca consigo acordarme!

—¿Acordarte de qué? —preguntó Boyne, al tiempo que ella llegaba a su lado.

—De que cuando ves al fantasma de Lyng, no lo sabes.

Había posado una mano sobre su manga, y él la retuvo allí, pero sin que asomara una respuesta a su gesto ni a las arrugas de su rostro preocupado.

—¿Creías que lo habías visto? —preguntó al cabo de bastante rato.

—¡Bueno, en realidad te he tomado por él!, en mi insensata decisión de desacreditarlo.

—¿A mí… ahora? —su brazo cayó y se apartó de ella con una débil risita—. Verdaderamente, cariño, deberías dejar eso; es lo mejor que puedes hacer.

—¡Ah, sí; lo dejaré! ¿Y tú? —preguntó, volviéndose hacia él de repente.

La criada había entrado con la correspondencia y una lámpara, y la luz iluminó de lleno el rostro de Boyne al inclinarse sobre la bandeja que le presentaban.

—¿Y tú? —insistió Mary perversamente, cuando la criada hubo desaparecido, cumplida la orden de traer la lámpara.

—¿Y yo qué? —replicó él ensimismado, mientras la luz ponía de relieve la profunda huella de preocupación entre sus cejas, mientras examinaba las cartas.

—Que si has renunciado a intentar ver al fantasma —el corazón se le aceleró un poco ante la prueba que estaba haciendo.

Su marido, dejando las cartas a un lado, fue a situarse a la sombra del lugar.

—Nunca lo he intentado —dijo, rompiendo la faja de un periódico.

—Bueno, naturalmente —persistió Mary—. Lo exasperante es que no sirve intentarlo, ya que uno no puede estar seguro hasta mucho tiempo después.

Comenzó a desdoblar el periódico como si no la hubiese oído; pero tras una pausa, durante la cual las hojas susurraron espasmódicamente entre sus manos, alzó los ojos para preguntar:

—¿Tienes alguna idea de cuánto después?

Mary se había hundido en una butaca baja junto a la chimenea. Alzó la mirada desde su asiento y se estremeció al ver el perfil de su marido recortado contra el círculo de luz de la lámpara.

—No, ninguna. ¿Y tú? —replicó ella, repitiendo su anterior frase cargada de intención.

Boyne arrugó el periódico en una pelota y luego, inconsecuentemente, se volvió con él hacia la lámpara.

—¡Dios mío, no! Sólo me refería —exclamó, con un atisbo de impaciencia — si hay alguna leyenda, alguna tradición sobre eso.

—Que yo sepa, no —contestó ella; pero cuando iba a añadir: «¿qué te hace preguntarlo?», entró la criada con el té y una segunda lámpara, y se contuvo.

Con la disipación de las sombras y la repetición de la rutina doméstica, Mary Boyne se sintió menos oprimida por esa sensación de algo inminente y solapado que había ensombrecido la tarde. Durante unos momentos se entregó a los pormenores de su labor; y cuando alzó la vista se sorprendió hasta el desconcierto ante el cambio operado en el semblante de su marido. Se había sentado cerca de la lámpara más alejada y estaba absorto leyendo las cartas.

Pero ¿había encontrado algo en ellas, o era meramente un cambio de su propio punto de vista lo que había devuelto a sus facciones su aspecto normal? Cuanto más lo miraba, más veía afirmarse el cambio mismo. Se le habían disipado las arrugas de la tensión; y las huellas de cansancio que perduraban eran de naturaleza fácilmente atribuible a un esfuerzo intelectual continuado.

—Me muero de ganas de tomar el té; y aquí hay una carta para ti —dijo.

Cogió la carta que él le tendía a cambio de la taza que ella le ofrecía y, regresando a su asiento, rompió el sello con el gesto lánguido del lector cuyos intereses se circunscriben a la presencia de la persona querida.

Su siguiente movimiento consciente fue levantarse de golpe, con lo que se le cayó la carta al suelo, y mostrarle a su marido un recorte de periódico.

—¡Ned! ¿Qué es esto? ¿Qué significa?

Él se había levantado también, así como si hubiese oído el grito antes de que ella lo profiriese. Y durante un espacio de tiempo perceptible se estudiaron mutuamente como dos adversarios que esperan una ventaja, a través del trecho que se abría entre la butaca de ella y la mesa de él.

—¿Qué es? ¡Me has hecho dar un salto! —dijo Boyne por fin, acercándose con una risa súbita y semiforzada. La sombra del recelo había asomado a su rostro otra vez; ahora no era una mirada de firme presentimiento, sino una cambiante vigilancia de labios y ojos que le hizo comprender que su marido se sentía invisiblemente asediado.

Le temblaba tanto la mano que le costó darle el recorte.

—Es un artículo de Waukesha Sentinel en el que se dice que un hombre llamado Elwell ha presentado una demanda judicial contra ti… y que algo va mal en la mina Blue Star. Sólo he entendido la mitad.

Seguían mirándose mientras ella hablaba y, para su asombro, vio que sus palabras habían producido el efecto casi inmediato de disipar la tensa expectación de sus ojos.

—¡Ah, es eso! —Echó una mirada a la tira impresa y luego la plegó con el gesto del que maneja algo inofensivo y familiar—. ¿Qué te ocurre esta tarde, Mary? Creí que habías tenido malas noticias.

Mary estaba de pie delante de él; su indefinible terror se fue apaciguando lentamente ante la confianza de su tono.

—Tú sabías esto, entonces… ¿Va todo bien?

—Desde luego que lo sabía; y todo está bien.

—Pero ¿qué pasa? No lo entiendo. ¿De qué te acusa ese hombre?

—De casi todos los crímenes del código —Boyne había arrojado el recorte y se había dejado caer en una butaca junto al fuego—. ¿Quieres saber la historia? No es especialmente interesante… Se trata de una querella sobre los intereses de la Blue Star.

—Pero ¿quién es ese Elwell? No me suena el nombre.

—Es un individuo al que metí en el negocio, al que cedí la dirección. Te hablé de él en su día.

—Seguramente. Debo de haberlo olvidado —trató de rebuscar en vano entre sus recuerdos—. Pero si lo ayudaste, ¿por qué te lo paga de ese modo?

—Probablemente lo ha cogido por banda algún abogado picapleitos, y lo ha convencido. Es todo un poco técnico y complicado. Pensé que era la clase de cosas que te aburren.

Su esposa sintió una punzada de remordimiento. En teoría, lamentaba la indiferencia de la mujer americana respecto a los intereses profesionales del marido; pero en la práctica, siempre encontraba difícil fijar su atención en lo que Boyne le contaba sobre las operaciones en las que le metían sus diversos intereses. Además, había notado, durante los años que llevaba gozando del éxito, que en una comunidad en la que las dulzuras de la vida se conseguían a costa de esfuerzos tan arduos como los agobios profesionales de su marido, un descanso tan breve como este que habían llegado a alcanzar, debían aprovecharlo para evadirse de las preocupaciones inmediatas y disfrutar de la vida que siempre habían soñado vivir. Una o dos veces, ahora que esta nueva vida había trazado efectivamente su círculo mágico en torno a ellos, se había preguntado si había hecho bien; pero hasta entonces, tales conjeturas no habían sido otra cosa que excursiones retrospectivas de una imaginación activa. Ahora, por primera vez, le sobresaltó descubrir lo poco que sabía acerca de los cimientos materiales sobre los que se asentaba su felicidad.

Miró a su marido, y nuevamente se tranquilizó ante la expresión serena de su rostro; sin embargo, sentía la necesidad de una base más concreta para su confianza.

—Pero ¿no te preocupa ese pleito? ¿Por qué no me has hablado nunca de él?

Contestó a las dos preguntas a un tiempo.

—No te hablé de él al principio porque me preocupaba… Me atormentaba, más bien. Pero eso es ya agua pasada. La persona que te escribe ha debido de echar mano de un número atrasado del Sentinel.

Mary sintió un vivo estremecimiento de alivio:

—¿Quiere decir que está todo arreglado? ¿Ha perdido el caso?

Hubo una demora perceptible en la respuesta de Boyne:

—La demanda ha sido retirada… eso es todo.

Pero ella insistió, como para descargarse de la culpa interior de ser tan fácilmente apartada:

—¿La ha retirado porque ha visto que no tenía ninguna posibilidad?

—¡Ah!, no tenía ninguna —contestó Boyne.

Aún siguió ella luchando con una sensación de oscura perplejidad en el fondo de su cerebro.

—¿Cuánto tiempo hace que la ha retirado?

Él guardó silencio, como si volviese levemente a su anterior incertidumbre:

—Acabo de recibir la noticia ahora mismo, pero la estaba esperando.

—¿Ahora mismo… en una de tus cartas?

—Sí. En una de mis cartas.

Mary no contestó, y sólo se enteró, tras un breve intervalo de espera, de que se había levantado y cruzado la habitación, al notar que se acomodaba en el sofá, a su lado. Sintió cómo la rodeaba con el brazo, cómo las manos de él buscaban las suyas y se las apretaban; y volviéndose lentamente, atraída por el calor de su mejilla, se encontró con sus ojos sonrientes.

—¿Va todo bien… todo bien? —preguntó, en medio de un mar de dudas cada vez más brumosas.

—¡Te doy mi palabra de que nunca ha ido todo tan bien! —le contestó él con una risa, y la atrajo hacia sí.

III

Una de las cosas más extrañas que habría de recordar después, de todas las que ocurrieron al día siguiente, fue la súbita y completa recuperación de su propia sensación de seguridad.

La notó en el aire, al despertar en su habitación oscura, la acompañó cuando bajó a desayunar, la iluminó desde el fuego y se multiplicó desde los flancos de la olla y las vigorosas estrías de la tetera georgiana. Era como si, indirectamente, todos sus vagos temores del día anterior, con su instante de suprema concentración en el artículo de periódico, como si este oscuro interrogante del futuro y sobresaltado retorno al pasado, hubieran liquidado las deudas de alguna obsesionante obligación moral. Si efectivamente había sido indiferente a los negocios de su marido era, como su nuevo estado parecía probar, porque su fe en él justificaba instintivamente tal diferencia; y el derecho de Boyne a la confianza de su esposa quedaba afirmado ahora ante el mismo rostro de la amenaza y la sospecha. Jamás había visto a su marido ser más despreocupado, natural e inconscientemente él mismo, que después del interrogatorio a que lo había sometido: era casi como si hubiera estado enterado de sus dudas y hubiese deseado despejar la atmósfera tal como ella había hecho.

Estaba tan limpia ahora, gracias al cielo, como la radiante luz exterior que la sorprendió con una pincelada casi veraniega, al salir de la casa para dar su paseo diario por el parque. Había dejado a Boyne ante su mesa, tras dirigir —al pasar por delante de la biblioteca— una última mirada a su rostro tranquilo, inclinado sobre sus papeles, con la pipa en la boca. Y ahora emprendía sus tareas de la mañana. Las tareas incluían en estos días encantadores de invierno deambular por los diferentes rincones de sus dominios, casi tan feliz como si la primavera hubiese empezado ya a hacerse sentir. Tenía tal cantidad de posibilidades ante sí, tantas oportunidades de sacar a la luz los encantos latentes del viejo lugar, sin infligirle una sola alteración irreverente, que el invierno resultaba demasiado corto para planear lo que la primavera y el otoño ejecutarían. Y su recuperada sensación de seguridad confería, en esta mañana particular, un incentivo especial a sus progresos en el paisaje dulce y apacible. Primero visitó el huerto, donde los perales de espaldera trazaban formas complicadas en los muros y las palomas revoloteaban y ordenaban sus plumas sobre la techumbre plateada del palomar. Ocurría algo con la calefacción del invernadero, y esperaba a una autoridad de Dorchester, que debía venir en un tren y marcharse en el siguiente, para que emitiese su diagnóstico sobre la caldera. Pero cuando se sumergió en el húmedo calor de los invernaderos, entre olores aromáticos y los rosas y rojos de cera de anticuadas plantas exóticas —¡incluso la flora de Lyng conservaba su fragancia!—, se enteró de que el gran hombre no había llegado; y dado que el día era demasiado extraordinario para pasarlo en una atmósfera artificial, salió otra vez y se dirigió por el esponjoso césped del campo de bolos, a la parte del parque que quedaba detrás de la casa. En el último extremo se elevaba una terraza de hierba que asomaba, por encima del estanque de los peces y de los setos de tejo, a la larga fachada de la casa con sus retorcidas chimeneas y los ángulos azules del tejado relucientes con la humedad pálida y dorada del aire.

Vista así, por encima del trazado horizontal del parque, sintió que le transmitía, desde las ventanas abiertas y las acogedoras chimeneas humeantes, un mensaje de cálida presencia humana, de espíritu lentamente madurado en un soleado muro de experiencia. Nunca había sentido esa impresión de intimidad con la casa, esa convicción de que sus secretos eran todo benévolos, guardados «por el bien de uno», como se decía a los niños; esa confianza en su capacidad de acoger su vida y la de Ned en el armonioso esquema de la larga, larga historia que la casa iba tejiendo al sol.

Oyó pasos detrás, y se volvió, esperando ver al jardinero acompañado del técnico de Dorchester. Pero sólo vio una figura: la de un hombre de aspecto joven y delgado, y que por alguna razón que de momento no podía precisar, no encajaba ni remotamente con la idea que ella se hacía de una autoridad en invernaderos. El recién llegado, al verla, se quitó el sombrero y se detuvo con el ademán del caballero —quizá del viajero— que desea dar a entender que su intromisión es involuntaria. De vez en cuando, Lyng atraía al viajero cultivado, y Mary medio esperó ver al desconocido disimular una cámara o justificar su presencia sacándola. Pero no hizo gesto alguno en ese sentido, y un momento después preguntó ella, en tono acorde con la cortés vacilación de su actitud:

—¿Desea ver a alguien?

—He venido a ver al señor Boyne —contestó. Su entonación, más que su acento, era ligeramente americana, y Mary, al notarlo, lo miró con más atención. El ala de su sombrero de fieltro proyectaba una sombra sobre su rostro que, oscurecido de ese modo, adoptaba para su mirada miope un aspecto serio, como una persona que llegaba en misión de negocios, cortés aunque claramente consciente de sus derechos.

La experiencia del pasado la había vuelto igualmente sensible a tales peticiones; pero era celosa con las horas matinales de su marido, indecisa en cuanto a conceder a nadie el derecho a molestarlo durante ese tiempo.

—¿Tiene cita con mi marido? —preguntó. El visitante vaciló, como si no estuviese preparado para esta pregunta.

—Creo que me espera —replicó.

Ahora le tocó vacilar a Mary:

—Estas horas suele dedicarlas a trabajar; no recibe nunca por la mañana.

El desconocido la miró un instante sin contestar; luego, como aceptando su decisión, se dispuso a irse. Al darse la vuelta, Mary lo vio dirigir una mirada a la fachada pacífica de la casa. Había algo en él que sugería cansancio y desencanto, el desaliento del viajero que ha venido de muy lejos y cuyo tiempo está limitado por el horario. Se le ocurrió entonces que si era ese el caso, su negativa podía hacer infructuosa su misión, y un súbito remordimiento le impulsó a correr tras él.

—¿Puedo preguntarle si ha venido de lejos?

El desconocido le dirigió la misma mirada grave.

—Sí… he venido de lejos.

—Entonces, si va a la casa, seguro que mi marido le recibe. Lo encontrará en la biblioteca.

No sabía por qué había añadido la última frase, a no ser por un vago deseo de reparar su anterior falta de hospitalidad. El visitante pareció a punto de darle las gracias; pero la atención de ella se distrajo al ver acercarse al jardinero con un acompañante con toda la pinta de ser el experto de Dorchester.

—Por ahí —dijo, indicándole la casa al desconocido; y un instante después se había olvidado de él, atenta como estaba al caldero.

La revisión dio tan amplio resultado que el técnico acabó por considerar más conveniente olvidarse de su tren, y Mary estuvo distraída el resto de la mañana en absorta confabulación entre tiestos de flores. Cuando el coloquio terminó, se sorprendió al descubrir que era casi la hora de comer; y medio esperó, mientras regresaba a la casa apresuradamente, ver salir a su marido a su encuentro. Pero no encontró a nadie en el patio, salvo al ayudante del jardinero que rastrillaba la grava. El vestíbulo, al entrar, estaba tan silencioso que pensó que Boyne aún seguía trabajando.

Como no quería molestarlo, se dirigió al salón; y allí, en su escritorio, se enfrascó en nuevos cálculos de los gastos que le iba a suponer la consulta de la mañana. El poder permitirse tales caprichos no había perdido su novedad; y de alguna manera, en contraste con los temores indefinidos de los días anteriores, ahora parecía formar parte de su recuperada seguridad, de esa sensación de que, como Ned había dicho, las cosas en general nunca habían ido «mejor».

Aún estaba disfrutando con el juego fastuoso de las cifras, cuando la criada, desde la puerta, la interrumpió con una pregunta sobre la conveniencia de servir la comida. Una de sus bromas consistía en comentar que Trimmle anunciaba la comida como si divulgase un secreto de estado; y Mary, absorta en sus papeles, murmuró unas abstraídas palabras de aquiescencia.

Notó que Trimmle vacilaba en el umbral, como si reprochase tan desconsiderado asentimiento; luego, al retirarse, sonaron sus pasos en el corredor, y Mary, apartando los papeles, cruzó el vestíbulo y fue a la puerta de la biblioteca. Aún seguía cerrada, y vaciló a su vez: no le gustaba molestar a su marido, ni que se excediese en su habitual jornada de trabajo. Mientras estaba allí sopesando sus impulsos, volvió Trimmle con el anuncio de la comida. Y Mary, así apremiada, abrió la puerta.

Boyne no estaba ante su mesa. Miró a su alrededor, esperando descubrirlo junto a las estanterías, en algún lugar de la habitación. Pero su llamada no obtuvo respuesta, y poco a poco se le hizo evidente que no estaba allí.

Se volvió a la criada.

—El señor Boyne debe de estar arriba. Por favor, dile que la comida está servida.

Trimmle pareció vacilar entre el claro deber de la obediencia y la igualmente clara convicción del sinsentido de la orden que se le daba. El debate acabó al manifestar:

—Con su permiso, señora, el señor Boyne no está arriba.

—¿No está en su habitación? ¿Estás segura?

—Sí, señora.

Mary consultó su reloj:

—¿Dónde está, entonces?

—Ha salido —anunció Trimmle con el aire superior de quien ha aguardado respetuosamente a la pregunta que un espíritu ordenado habría formulado en primer lugar.

La suposición de Mary Había sido correcta, entonces: Boyne debió de salir al parque en su busca, y al no encontrarla, evidentemente, había escogido el camino más corto por la puerta sur, en vez de dar la vuelta al patio. Así que cruzó el vestíbulo y se dirigió a la cristalera que daba directamente al jardín de tejos. Pero la criada, tras otro momento de conflicto interior, decidió manifestar:

—Con su permiso, señora, el señor Boyne no ha salido por ahí.

Mary se volvió:

—¿Adónde ha ido? ¿Y cuándo?

—Ha salido por la puerta principal, al paseo de coches.

Para Trimmle era cuestión de principios no contestar más de una pregunta cada vez.

—¿Al paseo de coches? ¿A estas horas?

Mary se dirigió a la puerta y miró, más allá del patio, hacia el túnel de tilos desnudos. Pero su perspectiva estaba tan vacía como cuando la había visto al entrar.

—¿No ha dejado el señor ningún recado?

Trimmle pareció renunciar a una última batalla con las fuerzas del caos.

—No, señora. Salió con el caballero.

—¿El caballero? ¿Qué caballero? —Mary dio media vuelta como para afrontar este nuevo factor.

—El caballero que ha venido, señora —dijo Trimmle resignadamente.

—¿Cuándo ha venido un caballero? ¡Explícate, Trimmle!

Sólo el hecho de que Mary estaba hambrienta y que necesitaba consultar a su marido sobre los invernaderos, podían moverla a imponer tan inusitada orden a su sirvienta; y aun ahora se sentía lo bastante despegada para notar en los ojos de Trimmle el creciente desafío de la respetuosa subordinada que ha sido presionada en exceso.

—No puedo decirle la hora exacta, señora, porque yo no dejé pasar al caballero —replicó, con aire de ignorar discretamente la irregularidad del rumbo de la señora.

—¿No lo has pasado tú?

—No señora. Cuando sonó la campanilla yo estaba ocupada, y Agnes…

—Ve a preguntarle a Agnes, entonces —dijo Mary. Trimmle siguió con su expresión de paciente magnanimidad:

—Agnes no lo sabe, señora, porque desgraciadamente se ha quemado la mano cuando arreglaba la luz de la nueva lámpara que han traído del pueblo —Trimmle, como Mary sabía, se había opuesto siempre a utilizar la nueva lámpara—. Así que la señora Dockett tuvo que mandar abrir a la fregona.

Mary miró otra vez el reloj.

—¡Son las dos pasadas! Ve y pregúntale a la fregona si el señor Boyne ha dejado algún recado.

Entró a comer sin esperar y, poco después, Trimmle le trajo la información de la fregona de que el caballero había llegado sobre las once y que el señor Boyne había salido con él sin dejar ningún recado. La fregona no sabía siquiera el nombre del visitante, ya que lo había escrito en una tira de papel, que después dobló y la tendió, con el ruego de que la entregase inmediatamente al señor Boyne.

Mary tomó su almuerzo, extrañada todavía, y cuando hubo terminado, y Trimmle le hubo servido el café en el salón, su extrañeza se convirtió en una débil sombra de inquietud. No era propio de Boyne ausentarse sin dar explicaciones a una hora tan inoportuna, y la dificultad de identificar al visitante a cuyo requerimiento había obedecido al parecer, hacía su desaparición más inexplicable. La experiencia de Mary Boyne como esposa de un atareado ingeniero, sujeto a llamadas repentinas y obligado a tener un horario irregular, le había ejercitado para una filosófica aceptación de las sorpresas. Pero desde que Boyne se había retirado de los negocios, había adoptado una regularidad benedictina de vida. Como para compensar los años de agobio y agitación, con sus comidas «de pie» y sus cenas en los traqueteantes coches-comedor, cultivaba los últimos refinamientos de la puntualidad y la monotonía, desalentando la afición de su esposa a lo inesperado y declarando que para un paladar delicado había infinitas gradaciones de placer en la repetición de los hábitos.

Sin embargo, como ninguna vida puede defenderse de lo imprevisible, era evidente que, tarde o temprano, las precauciones de Boyne iban a acabar revelándose ineficaces; y Mary concluyó que había querido abreviar una molesta visita dando un paseo con su visitante hasta la estación, o al menos acompañándolo un trecho.

Esta conclusión la liberó de la preocupación, y salió a celebrar su conferencia con el jardinero. De aquí se dirigió a la oficina de correos del pueblo, que distaba una milla más o menos, y cuando emprendió el regreso empezaba ya a declinar la tarde.

Había cogido un sendero que cruzaba las colinas; y como Boyne, entretanto, habría regresado de la estación por la carretera, era muy poco probable que se encontraran. Estaba segura, no obstante, de que había llegado a casa antes que ella. Tan segura se sentía, que al entrar, sin pararse a preguntarle a Trimmle, fue directamente a la biblioteca. Pero la biblioteca seguía vacía; y con una insólita precisión de memoria visual observó que los papeles de la mesa de su marido estaban exactamente como los había visto al entrar a llamarlo para comer.

Luego, de pronto, le sobrevino un vago temor a lo desconocido. Había cerrado la puerta al entrar, y al encontrarse sola en la larga habitación silenciosa su temor pareció adquirir forma y sonido, estar allí respirando y acechando entre las sombras. Esforzó sus ojos miopes, medio distinguiendo una presencia real, algo apartada, que vigilaba y sabía.

Y para rechazar esta presencia intangible, corrió al cordón de la campanilla y dio un enérgico tirón.

La violenta llamada hizo acudir a Trimmle precipitadamente con una lámpara; y Mary respiró otra vez ante esta tranquilizadora reaparición de lo habitual.

—Puede traer el té, si el señor Boyne está en casa —dijo, para justificar su llamada.

—Muy bien, señora, pero el señor Boyne no está —dijo Trimmle, dejando la lámpara.

—¿No está? ¿Quieres decir que ha regresado y ha salido otra vez?

—No señora; no ha regresado.

El miedo se agitó en ella otra vez, y se dio cuenta de que ahora la había atenazado.

—¿No ha vuelto desde que salió con… el caballero?

—No ha vuelto desde que salió con el caballero.

—Pero, ¿quién era ese caballero? —insistió Mary, con el agudo acento del que intenta que le oigan en medio de una confusión de ruidos.

—Eso no se lo puedo decir, señora.

Trimmle, de pie junto a la lámpara, pareció de pronto menos rozagante y sonrosada, como si la hubiese eclipsado la misma solapada sombra de aprensión.

—Pero la fregona sí lo sabe… ¿No ha sido ella quien le ha abierto?

—Pero no lo sabe, señora, porque escribió su nombre en un papel y luego lo dobló.

Mary, en medio de su agitación, se dio cuenta de que las dos designaban al desconocido con un pronombre vago, en vez de la fórmula convencional que hasta entonces había mantenido sus ilusiones dentro de los límites de la conformidad. Y en ese mismo instante su cerebro se fijó en la alusión al papel doblado.

—¡Pero debe tener un nombre! ¿Dónde está el papel?

Se dirigió a la mesa del escritorio y empezó a examinar los documentos que la cubrían. Lo primero que captaron sus ojos fue una carta inacabada con la letra de su marido y la pluma puesta encima como dejada allí por una súbita interrupción.

«Querido Parvis (¿quién era Parvis?): Acabo de recibir tu carta anunciándome la muerte Elwell, y aunque supongo que ahora ya no hay peligro de que surjan nuevos problemas, sería más seguro…».

Apartó la carta y siguió buscando. Pero no apareció ningún papel doblado entre las cartas y las páginas manuscritas ordenadas en un montón, como por un gesto apresurado o nervioso.

—Pero la fregona lo ha visto. Dile que venga —ordenó, asombrándose de su torpeza al no haber pensado antes en una solución tan sencilla.

Trimmle desapareció al instante, como agradecida de salir de la habitación; y cuando reapareció, trayendo a la aturrullada fregona, Mary había recobrado su dominio de sí y tenía preparadas las preguntas.

El caballero era extranjero, sí; eso había notado ella. Pero ¿qué había dicho? Y sobre todo, ¿cómo era? La primera pregunta fue contestada con bastante facilidad por la sencilla razón de que había dicho muy poco: había preguntado tan sólo por el señor Boyne. Y tras garabatear algo en un trozo de papel, había pedido que se lo entregase inmediatamente.

—Entonces, ¿no sabes qué escribió? ¿No estás segura de si fue un nombre?

La fregona no estaba segura, pero creía que sí, ya que lo había escrito cuando ella le preguntó a quién debía anunciar.

—Y cuando le llevaste el papel al señor Boyne, ¿qué dijo él?

La fregona creía que el señor Boyne no había dicho nada; aunque estaba segura, porque en cuanto le pasó el papel y lo abrió, se dio cuenta de que el visitante había entrado tras ella en la habitación. Así que salió y dejó a los dos caballeros reunidos.

—Pero entonces, si los dejaste en la biblioteca, ¿cómo sabes que salieron de la casa?

Esta pregunta sumió a la testigo en un mutismo momentáneo, del que fue rescatada por Trimmle, quien por medio de ingeniosos circunloquios le sacó la declaración de que antes de haber tenido ella tiempo de cruzar el vestíbulo en dirección al corredor, había oído a los dos caballeros detrás de ella y los había visto salir juntos por la puerta principal.

—Entonces, si viste al extranjero dos veces, podrás decirme cómo era.

Pero esta última prueba puso de manifiesto que la capacidad de expresión de la fregona había llegado al límite.

La obligación de ir a la puerta principal a abrirla a un visitante era en sí misma tan subversiva del orden natural de las cosas, que había sumido sus facultades en un caos desesperado, y sólo fue capaz de tartamudear, tras agitados esfuerzos:

—Su sombrero, señora, era diferente. Podría decirse…

—¿Diferente? ¿Cómo diferente? —a Mary le vino de pronto al cerebro una imagen grabada esa mañana y sepultada luego bajo las capas de las impresiones siguientes—: ¿Que era de ala ancha, quieres decir; tenía la cara pálida… una cara joven? —la apremió Mary, con los labios blancos por la intensidad de la pregunta. Pero si la ayudante de la cocinera encontró una respuesta adecuada a esta prueba, quedó borrada por la impetuosa corriente de las convicciones de su interlocutora. ¡El desconocido…, el desconocido del jardín! ¿Por qué no había caído Mary en él antes? Ahora no necesitó que nadie le dijese que era él quien había venido a buscar a su marido y se lo había llevado. Pero ¿quién era, y por qué Boyne le había obedecido?

IV

Se le ocurrió de repente, como una mueca surgió de la oscuridad, que a menudo habían llamado a Inglaterra «un maldito lugar para perderse».

¡Un maldito lugar para perderse! La frase era de su marido. Y ahora, con toda la maquinaria de la investigación oficial barriendo con sus linternas el país de costa a costa y los estrechos que la separaban; ahora, con el nombre Boyne difundido en las paredes de cada pueblo y ciudad, y su retrato (¡cómo le angustiaba eso!) multiplicado por todas partes como la imagen de un criminal perseguido; ahora la pequeña y densamente poblada isla, tan ordenada, vigilada y administrada, se revelaba como una esfinge guardiana de misterios insondables, devolviendo la mirada de los angustiados ojos de la esposa como con un gozo perverso de saber algo que ellos ignoraban.

En las dos semanas transcurridas desde la desaparición de Boyne, no se había sabido una palabra de él, ni se había descubierto el menor rastro de sus movimientos. Incluso las habituales informaciones erróneas a que da lugar la expectación de los pechos torturados habían sido escasas y efímeras. Nadie más que la fregona había visto a Boyne salir de casa, y nadie más había visto al «caballero» que lo acompañaba. Ninguna de las averiguaciones en la vecindad había logrado dar con alguien que recordase haber visto a un extranjero ese día en las proximidades de Lyng. Y nadie había visto tampoco a Edward Boyne solo o acompañado, en ninguno de los pueblos cercanos ni en la carretera que cruzaba las colinas, ni en las estaciones de ferrocarril de esas localidades. El británico y soleado mediodía se lo había engullido tan completamente como si se hubiese sumergido en la noche cimeria.

Mientras todos los medios oficiales de investigación trabajaban con la mayor diligencia, Mary había examinado los papeles de su marido en busca de alguna pista: anteriores complicaciones, problemas u obligaciones desconocidos por ella, que pudiesen arrojar luz sobre esa oscuridad. Pero si había existido algo en la anterior vida de Boyne, había desaparecido tan completamente como la tira de papel en la que el visitante había escrito su nombre: no quedaba ningún otro hilo, a excepción —si efectivamente era una excepción— de la carta que al parecer había estado escribiendo cuando recibió la misteriosa visita. Esa carta, leída y releída por su esposa, y entregada por ella a la policía, aportaba lo imprescindible para alimentar conjeturas.

«Acabo de recibir tu carta anunciándome la muerte de Eldewll; y aunque supongo que ahora ya no hay peligro de que surjan nuevos problemas, sería más seguro...».

Eso es todo. El «peligro de que surjan problemas» se explicaba fácilmente por el recorte de periódico que había informado a Mary de la demanda presentada contra su marido por uno de los socios de la empresa Blue Star. El único dato nuevo que proporcionaba la carta era que Boyne, en el momento en que le estaba escribiendo, tenía aún recelos sobre el resultado del litigio, aunque había dicho a su esposa que habían retirado la demanda, y a pesar de que la carta misma probaba que el demandante había muerto. Transcurrieron varios días entre unos cablegramas y otros, hasta establecer la identidad del Parvis al que iba dirigida la carta inacabada; pero aun después de averiguar que se trataba de un abogado de Waukesha, no se sacó en claro ningún nuevo dato sobre la demanda de Elwell. Al parecer, este abogado no tenía relación directa con el caso, sino que se había interesado sólo en calidad de amigo, y posiblemente intermediario; y se confesó incapaz de adivinar con qué objeto pretendía Boyne pedirle ayuda.

Esta información negativa, fruto único de la indagación de los primeros quince días, no se incrementó un ápice durante las lentas semanas que siguieron. Mary sabía que las investigaciones continuaban, pero tenía la vaga sensación de que languidecían gradualmente, a medida que la marcha real del tiempo parecía aminorar. Era como si los días, huyendo horrorizados de la amortajada imagen del día inescrutable, ganaran seguridad a medida que aumentaba la distancia, hasta alcanzar finalmente su paso normal. Y lo mismo ocurrió con las imaginaciones humanas centradas en el enigmático suceso. Evidentemente, aún las ocupaba; pero, semana tras semana, y hora tras hora, se iba volviendo menos absorbente, recibía menos tiempo e iba siendo lenta pero inexorablemente desplazado del primer plano de la conciencia por nuevos problemas que perpetuamente burbujean en el humeante caldero de la experiencia humana.

Incluso la conciencia de Mary Boyne sentía el aumento gradual de esa lentitud. Aún basculaba con las incesantes oscilaciones de las conjeturas; pero se habían vuelto más leves, más rítmicas en sus latidos. Aún había momentos de cansancio en que, como la víctima de un veneno que deja lúcido el cerebro pero inmoviliza el cuerpo, se sentía ya acostumbrada al horror, y aceptaba su constante presencia como una de las condiciones estables de la vida.

Estos momentos se prolongaban horas y días, hasta que entró en una fase de imperturbable aquiescencia. Observaba la rutina diaria con los ojos indiferentes de un salvaje al que los procesos sin sentido de la civilización dejan escasísima huella.

Había llegado a considerarse a sí misma parte de esa rutina, el rayo de una rueda que gira con el movimiento de ésta. Se sentía casi como el mueble de la habitación en el que estaba sentada, un objeto insensato al que había que limpiar el polvo y correr junto con las sillas y las mesas. Y esta honda apatía la ataba fuertemente a Lyng, a pesar de los ruegos de los amigos, y de las habituales recomendaciones médicas de un «cambio». Sus amigos pensaban que su negativa a mudarse se debía a la creencia de que su marido regresaría un día al lugar del que había desaparecido, lo que dio lugar a una hermosa leyenda sobre este imaginario estado de espera. Pero en realidad no creía tal cosa: las profundidades de la angustia que la enclaustraban no se iluminaban ya con los destellos de la esperanza. Estaba segura de que Boyne no volvería, que había desaparecido de su vida como si la propia Muerte hubiese aguardado ese día en el umbral. Había renunciado incluso, una tras otra, a las diversas teorías sobre su desaparición que la prensa, la policía y su propia imaginación angustiada habían sugerido. Por puro agotamiento, su espíritu había desechado estas alternativas de horror y se había sumido de nuevo en el hecho simple de que se había ido.

No, nunca sabría qué había sido de él… Nadie lo sabía. Pero la casa sí lo sabía. Porque era aquí donde se había desarrollado la última escena, aquí donde había venido el desconocido y había pronunciado la palabra que había hecho que Boyne se levantara y lo siguiera. El suelo que ella pisaba había sentido sus pisadas; los libros de las estanterías habían visto su rostro; y había momentos en que la intensa conciencia de las viejas paredes polvorientas parecía a punto de prorrumpir en alguna audible revelación de su secreto. Pero esta revelación no llegaba, y sabía que nunca llegaría. Lyng no era una de esas viejas casas locuaces que traicionaban los secretos que se les confían. Su misma leyenda demostraba que había sido siempre cómplice muda, guardiana incorruptible de los misterios que había sorprendido. Y Mary Boyne, sentada frente a frente con el silencio, sentía la inutilidad de tratar de romperlo por medio humano ninguno.

V

—No digo que fuese correcto ni que no. Eran negocios.

Ante estas palabras, Mary irguió la cabeza con sobresalto y miró atentamente a su interlocutor.

Cuando, media hora antes, le pasaron la tarjeta de un tal «señor Parvis», se dio cuenta en el acto de que había tenido ese nombre en la conciencia desde que lo leyera en el encabezamiento de la carta inacabada de Boyne. En la biblioteca había encontrado esperándola a un hombre menudo, cetrino, de cabeza calva y lentes de oro, que le transmitió una vibración por la que supo que era la persona a la que su marido había dirigido el último pensamiento conocido.

Parvis, cortésmente, pero sin preámbulos inútiles —a la manera del hombre que tiene el reloj en la mano—, había expuesto el objeto de su visita. Había «pasado» por Inglaterra por cuestiones de negocios, y dado que se encontraba cerca de Dorchester, no había querido marcharse sin presentar sus respetos a la señora Boyne; y preguntarle, si tenía ocasión, qué pensaba hacer por la familia de Bob Elwell.

Estas palabras tocaron el resorte de algún oscuro temor en el pecho de Mary. ¿Sabía el visitante, en definitiva, lo que Boyne quiso decir en su frase incompleta? Le pidió una aclaración de la pregunta, y observó inmediatamente que lo sorprendía por su ignorancia del asunto. ¿Era posible que supiese tan poco como decía?

—No sé nada… debe contármelo —balbuceó; así que el visitante pasó a contarle la historia. Arrojó, aun para sus confusas percepciones y su visión imperfecta, una luz lívida sobre todo el brumoso episodio de la mina Blue Star: su marido había hecho su fortuna en esa brillante especulación a costa de «ganarle la delantera» a alguien menos atento a aprovechar la oportunidad; y la víctima de su ingenio había sido el joven Robert Elwell, al que había «engañado» con el proyecto de la Blue Star.

Parvis, a la primera exclamación de Mary, le había lanzado una mirada grave a través de sus lentes imparciales.

—Bob Elwell no fue lo bastante listo, eso es todo; de haberlo sido, podía haberse resuelto y haber utilizado a Boyne del mismo modo. Esas cosas pasan a diario en los negocios. Creo que es lo que los científicos llaman la supervivencia del más apto… ¿comprende? —dijo el señor Parvis, evidentemente complacido con la oportunidad de su analogía.

Mary sintió un encogimiento físico ante la siguiente pregunta que trató de formular: era como si las palabras tuviesen en sus labios un gusto que le producía náuseas.

—Pero entonces, ¿acusa usted a mi marido de haber hecho algo deshonroso?

El señor Parvis meditó la pregunta desapasionadamente.

—¡Ah, no; yo no he dicho eso! Ni siquiera he dicho que no fuese correcto —miró de arriba abajo las filas de libros, como si alguno de ellos pudiese proporcionarle la definición que buscaba—. No digo que no fuera correcto, aunque tampoco que lo fuera. Era una cuestión de negocios —en realidad, ninguna definición podía ser más esquemática que ésta.

Mary se quedó mirándolo con expresión de terror. Le parecía el emisario indiferente de algún poder maligno.

—Pero parece que los abogados del señor Elwell no lo consideraron como usted, ya que supongo que la demanda fue retirada por consejo de ellos.

—¡Ah, sí!; ellos sabían que técnicamente no tenía ninguna posibilidad. Cuando le aconsejaron que retirase la demanda, él se sintió desesperado. Verá, había pedido prestada la mayor parte del dinero que perdió en la Blue Star, y se encontraba entre la espada y la pared. Fue por eso por lo que se pegó un tiro, cuando le dijeron que no tenía ninguna posibilidad.

El horror invadió a Mary a grandes oleadas ensordecedoras.

—¿Se pegó un tiro? ¿Se mató por eso?

—Bueno, no se mató exactamente. Siguió viviendo de mala manera un par de meses, hasta que murió.

Parvis refirió el hecho con la misma falta de emoción que el gramófono arañando un disco.

—¿Quiere decir que intentó suicidarse y no pudo? ¿Y que lo intentó otra vez?

—No, no tuvo necesidad de intentarlo otra vez —dijo Parvis, espantosamente.

Se quedaron en silencio, sentados el uno frente al otro, él balanceando sus lentes pensativamente en torno a su dedo; y ella, inmóvil, con los brazos extendidos hasta las rodillas, en una actitud de rígida tensión.

—Pero si sabía usted todo esto —empezó Mary finalmente, incapaz de levantar la voz por encima del susurro—, ¿cómo es que cuando le escribí en las fechas de la desaparición de mi marido dijo que no entendía la carta que él estaba escribiendo?

Parvis encajó la pregunta sin el menor embarazo.

—Bueno, no la entendía… estrictamente hablando. Y aunque la hubiese entendido, no era el momento de hablar de eso. El asunto de Elwell quedó resuelto cuando se retiró la demanda. Nada de lo que hubiese podido decir habría ayudado a encontrar a su marido.

Mary seguía escrutándolo.

—Entonces, ¿por qué me lo dice ahora?

Tampoco vaciló Parvis.

—Bueno, para empezar, suponía que usted sabía más de lo que aparentaba… Me refiero a las circunstancias de la muerte de Elwell. Por otro lado, la gente empieza a hablar ahora; ha vuelto a salir el asunto a la luz. Y he considerado que si no estaba usted al tanto, debía estarlo.

Mary siguió callada, y él prosiguió:

—Mire, recientemente se ha averiguado lo mal que se encontraban los negocios de Elwell. Su esposa es una mujer con orgullo, y ha luchado todo lo que ha podido, saliendo a trabajar y cosiendo en casa, hasta que ha caído enferma… del corazón creo. Pero tenía a su cargo a la madre de él, además de los hijos. Y se desmoronó; al final se vio obligada a pedir ayuda. Eso ha llamado la atención sobre el caso; los periódicos lo han aireado, y han iniciado una suscripción. Todo el mundo quería a Bob Elwell; la mayoría de los nombres más prominentes del lugar se encuentran en esa lista, y la gente empieza a preguntarse por qué…

Parvis se interrumpió para hurgarse en el bolsillo interior:

—Aquí —prosiguió—; aquí tengo una información de todo el asunto, aparecida en el Sentinel… Un poco sensacionalista, por supuesto; pero creo que es mejor que le eche usted una ojeada.

Le tendió el periódico, y Mary lo desplegó despacio, recordando, al hacerlo, la noche en que, en esta misma habitación, la lectura de un recorte del Sentinel había sacudido por primera vez los cimientos de su seguridad.

Al abrir el periódico sus ojos, rehuyendo los deslumbrantes titulares: «La viuda de la víctima de Boyne obligada a suplicar ayuda», descendieron por la columna hasta los retratos insertos en el texto. El primero era el de su marido, sacado de una fotografía hecha el año en que se habían venido a Inglaterra. Era la foto de Edward que a ella más le gustaba, la que tenía en el escritorio de su propia habitación. Al encontrarse los ojos de la fotografía con los suyos, sintió que le iba a ser imposible leer lo que se decía de él, y cerró los párpados con la fuerza del dolor.

—Pensé que si estuviera usted dispuesta a suscribir… —oyó que seguía diciendo Parvis.

Abrió los ojos con esfuerzo, y cayeron sobre el otro retrato. Era el de un joven delgado, con el semblante semioculto por la sombra que proyectaba el ala del sombrero. ¿Dónde había visto ella esta cara anteriormente? Siguió mirándolo, confundida, con el pulso latiéndole en los oídos. Entonces dio un grito.

—¡Es el hombre… el hombre que se llevó a mi marido!

Oyó a Parvis ponerse de pie, y tuvo conciencia confusamente, de que su propio cuerpo se había derrumbado hacia una esquina del sofá, y que él se inclinaba sobre ella alarmado. Mary se sobrepuso y recogió el periódico que había dejado caer.

—¡Es el hombre! ¡Lo habría reconocido en cualquier parte! —insistió con una voz que sonó en sus propios oídos como un grito.

La respuesta de Parvis le pareció llegar de muy lejos, desde infinitas volutas de espesa niebla.

—Señora Boyne, no se encuentra bien. ¿Llamo a alguien? ¿Le traigo un vaso de agua?

—¡No, no, no! —se abalanzó sobre él, empuñando frenéticamente el periódico—. ¡Le digo que es el hombre! ¡Le conozco! ¡Habló conmigo en el jardín!

Parvis le cogió el periódico y enfocó sus lentes hacia el retrato.

—No puede ser, señora Boyne. Es Robert Elwell.

—¿Robert Elwell? —su mirada vacía pareció desplazarse en el espacio—. Entonces fue Robert Elwell el que vino a por él.

—¿Qué se llevó a Boyne? ¿El día que Boyne se fue de aquí? —la voz de Parvis se apagó, al tiempo que se elevó la de ella. Se inclinó y posó una mano fraternal sobre la de Mary, como para apaciguarla—. ¡Pero si Elwell había muerto! ¿No se acuerda?

Mary siguió con los ojos fijos en el retrato, sin enterarse de lo que le decían.

—¿No recuerda la carta que Boyne dejó inacabada… la que encontró usted en su escritorio ese día? La estuvo escribiendo justo después de enterarse de la muerte de Elwell —ella notó una extraña inflexión en la voz neutra de Parvis —. ¡Sin duda lo recuerda! —le apremió.

Sí, lo recordaba; eso era lo más espantoso de todo. Elwell había muerto el día antes de la desaparición de su marido; y éste era el retrato de Elwell; el del hombre que había hablado con ella en el jardín. Alzó la cabeza y miró lentamente la biblioteca. La biblioteca podía haber atestiguado que era también el retrato del hombre que había entrado aquel día a arrancar a Boyne de su carta inacabada. A través de las brumosas agitaciones de su cerebro, oyó el débil bordoneo de frases semiolvidadas… de frases pronunciadas por Alida Stair en el prado de Pangbourne, antes de que Boyne y ella hubiesen visto la casa de Lyng ni pensasen que un día vivirían en ella.

—Éste fue el hombre que habló conmigo —repitió.

Miró otra vez a Parvis. Él trataba de ocultar su turbación bajo lo que probablemente imaginaba que era una expresión de indulgente conmiseración; pero las comisuras de sus labios estaban azules. «Me cree loca, pero no lo estoy», reflexionó; y de súbito se le ocurrió un modo de justificar su extraña afirmación.

Guardó silencio, dominando el temblor de sus labios, en espera de poder confiar en su voz; luego dijo, mirando directamente a Parvis:

—¿Podría contestarme a una pregunta, por favor? ¿Cuándo intentó Robert Elwell quitarse la vida?

—¿Cuándo… cuándo? —tartamudeó Parvis.

—Sí, la fecha; por favor, trate de recordar —veía que cada vez la miraba con más recelo—. Lo pregunto por un motivo —insistió.

—Sí, sí. Sólo que no recuerdo. Unos dos meses antes, creo.

—Necesito saber la fecha —replicó ella.

Parvis cogió el periódico.

—Podríamos verla aquí —dijo, siguiéndole la corriente. Recorrió la página con la mirada—. Aquí está. A finales de octubre… el…

Mary le quitó las palabras de la boca.

—El veinte, ¿no?

Tras dirigirle una mirada penetrante, confirmó:

—Sí, el veinte. ¿Así que lo sabía usted?

—Lo sé ahora —los ojos de Mary seguían fijos por encima de él—. El domingo, veinte… fue el día que vino por primera vez.

La voz de Parvis se hizo casi inaudible.

—¿Que vino aquí por primera vez?

—Sí.

—¿Lo vio usted dos veces, entonces?

—Sí, dos veces —dijo con un suspiro—. La primera fue el veinte de octubre. Recuerdo la fecha porque fue el día que subimos al Meldon Steep por primera vez —sintió un débil acceso de risa en su interior, al pensar que de no ser por eso lo habría olvidado.

Parvis seguía mirándola, como tratando de interceptar su mirada.

—Lo vimos desde el tejado —prosiguió—. Bajaba por el paseo de los tilos en dirección a la casa. Iba vestido tal como está el retrato. Mi marido lo vio primero. Se asustó y echó a correr hacia abajo, delante de mí; pero no vio a nadie. Se había desvanecido.

—¿Elwell se había desvanecido? —balbuceó Parvis.

—Sí —los susurros de ambos parecieron buscarse a tientas mutuamente—.

No podía imaginar qué había sucedido. Ahora lo veo. Trató de venir entonces; pero no había muerto del todo… No pudo llegar hasta nosotros. Tuvo que esperar dos meses para morir; entonces vino otra vez… y se llevó a Ned.

Hizo un gesto de asentimiento a Parvis, con la expresión de triunfo del niño que ha logrado completar un difícil rompecabezas. Pero de repente, alzó las manos con gesto desesperado, apretándose las sienes.

—¡Dios mío! ¡Fui yo quien se lo envió; le dije dónde estaba! ¡Se lo envié a esta habitación! —gritó.

Sintió que las paredes de libros se precipitaban sobre ella, como el derrumbamiento de unas ruinas y oyó a Parvis, muy distante, a través de las ruinas, que le gritaba y luchaba por llegar hasta ella. Pero Mary era insensible a su tacto; no sabía qué le decía. A través del tumulto solo oyó una nota distinta; la voz de Alida Stair, que decía en el prado de Pangbourne.

—No lo sabrás hasta después. Hasta mucho, mucho después.

****

KERFOL

I

—Deberías comprarla —dijo mi anfitrión—; es precisamente el lugar ideal para un solitario impenitente como tú. Vale la pena poseer la casa más romántica de Bretaña. Sus dueños actuales están sin un céntimo y la dan por una ridiculez… Deberías comprarla.

No fue ni mucho menos con idea de vivir conforme al carácter que mi amigo Lanrivain me atribuía (de hecho, bajo mi apariencia insociable, siempre he tenido secretos anhelos de vida doméstica), por lo que hice caso de su sugerencia una tarde de otoño, y fui a Kerfol. Mi amigo iba en automóvil a Quimper por cuestiones de negocios: me dejó, de camino, en un cruce que había en un páramo; y me dijo:

—Tuerce primero a la derecha y luego a la izquierda. Después, sigue recto hasta que veas una avenida de árboles. Si te encuentras con algún campesino, no le preguntes. No entienden el francés, pero fingirán que sí y te confundirán. Pasaré por aquí a recogerte a la caída de la tarde… No te olvides de echar una ojeada a las tumbas de la capilla.

Seguí las indicaciones de Lanrivain con la incertidumbre que produce no recordar si te han dicho primero a la derecha y luego a la izquierda, o al revés. De haberme cruzado con un campesino, desde luego que habría preguntado; y probablemente me habría extraviado; pero tenía el desierto paisaje para mí solo, así que seguí, indeciso, por el camino de la derecha, y me adentré en el páramo hasta que llegué a una doble fila de árboles. Se parecía tan poco a las avenidas que había visto, que instantáneamente comprendí que debía de ser la avenida. Los troncos grises se elevaban a gran altura para luego entrelazar sus ramas pálidas en un largo túnel a través del cual se filtraba débilmente la luz del otoño. Sé el nombre de la mayoría de los árboles, pero hasta hoy no he podido determinar qué clase de árboles eran. Tenían la alta curva de los olmos, la delgadez de los álamos, el color ceniciento de los olivos bajo un cielo lluvioso, y se extendían ante mí una media milla o más, sin una sola interrupción en el túnel que formaban. Si he visto alguna vez una avenida que inequívocamente llevaba a algún lugar, esa era la de Kerfol. El corazón me palpitó un poco cuando me adentré por ella.

Poco después terminaron los árboles y llegué a una puerta fortificada abierta en un muro. Entre el muro y yo había un espacio abierto, cubierto de hierba, con otros paseos grises que arrancaban de allí. Detrás del muro se veían altos tejados de pizarra musgosa, la espadaña de una capilla, el remate de una torre. Un foso invadido de matorrales y espinos rodeaba la plaza; el puente levadizo había sido reemplazado por un arco de piedra, y el rastrillo por una verja de hierro. Estuve largo rato en el lado exterior del foso, mirando a mi alrededor y dejando que me invadiese el influjo del lugar. Me dije a mí mismo: «Si espero aquí suficiente rato saldrá el guarda y me enseñará las tumbas...»; y deseé que no apareciera demasiado pronto.

Me senté en una piedra y encendí un cigarrillo. En cuanto lo hice, me pareció un gesto pueril y monstruoso, con aquella enorme casa ciega mirándome, y todas las avenidas desiertas convergiendo hacia mí. Puede que fuera la profundidad del silencio lo que me hizo sentirme tan consciente de mi gesto. El rascado de la cerilla sonó tan fuerte como el chirrido de un freno, y casi me pareció oírla caer cuando la arrojé a la hierba. Pero no fue más que eso: una sensación de inoportunidad, de pequeñez, de desafío inútil, lo de sentarme allí a echar bocanadas de humo a la cara del pasado.

No sabía nada de la historia de Kerfol —acababa de llegar a Bretaña, y Lanrivain no me había mencionado nunca este nombre hasta la víspera—; pero uno no podía contemplar aquella mole sin sentir en ella una larga acumulación de historia. Qué clase de historia, es algo que yo no estaba preparado para adivinar; quizá era sólo el peso de muchas vidas y muertes asociadas, que confiere solemnidad a las casas antiguas. Pero el aspecto de Kerfol sugería algo más: una perspectiva de recuerdos severos y crueles que se prolongan como sus propias avenidas grises hacia una oscuridad borrosa.

Desde luego, ninguna casa señalaba una ruptura más completa y definitiva con el presente. Tal como alzaba el cielo sus tejados y sus hastiales orgullosos, habría podido ser su propio monumento funerario. «¿Las tumbas de la capilla? ¡El lugar entero es una tumba!», pensé. Cada vez deseaba más que no saliese el guarda. Los detalles del entorno, aunque sorprendentes, parecían triviales comparados con el impresionante conjunto; y lo único que quería era seguir sentado allí y dejar que me penetrase el peso de su silencio.

«¡Es el lugar ideal para ti!», había dicho Lanrivain; y me sentí abrumado ante la casi blasfema frivolidad de que ningún ser viviente sugiriese que Kerfol fuera el lugar para él. «¿Es posible que alguien pueda no ver...?», me iba a preguntar. No acabé el pensamiento: lo que yo quería decir era inefable. Me levanté y me acerqué a la entrada. Empezaba a desear saber más; no ver más —ahora estaba seguro de que no era cuestión de ver—, sino de sentir más: sentir todo lo que el lugar tenía que comunicar. «Pero para entrar habrá que llamar al guarda», pensé con renuencia, y vacilé. Finalmente, crucé el puente y probé a abrir la verja. Cedió, y me adentré en el túnel que formaba el espesor del chemin de ronde. En el otro extremo habían puesto una barrera de madera que cruzaba el acceso y más allá se veía el patio cerrado por la noble arquitectura. El edificio principal estaba de cara a mí, y ahora veía que la mitad era una mera fachada en ruinas, con las ventanas abiertas, a través de las cuales se veía la maleza invasora del foso y los árboles del parque. El resto de la construcción poseía aún su robusta belleza. Un extremo terminaba en la torre redonda y el otro en una pequeña capilla gótica; y en un ángulo había un gracioso brocal coronado de ánforas musgosas. Sobre las paredes crecían unos cuantos rosales, y en un alféizar recuerdo que vi un tiesto de fucsias.

Mi sensación de una presión de lo invisible empezó a ceder ante mi interés arquitectónico. El edificio era tan hermoso que me dieron ganas de explorarlo por simple placer. Inspeccioné el patio, preguntándome en qué rincón se alojaría el guarda. Luego empujé la barrera y entré. Y nada más entrar, un perro me cortó el paso. Era un perrito tan precioso que por un instante me hizo olvidar el espléndido lugar que defendía. No estaba seguro de su raza en aquel momento, pero después me he enterado de que era un pequinés, de una rara variedad llamada sleeve-dog. Era muy pequeño y de color marrón dorado, con grandes ojos castaños y cuello rizado: parecía un gran crisantemo leonado. Me dije: «Estos animalitos no paran de brincar y de ladrar, así que no tardará ni un minuto en salir alguien».

El animal se plantó delante de mí, deteniéndome, casi amenazándome. Había enojo en sus ojos castaños, pero no dio un solo ladrido, ni se me acercó más. Al contrario: al avanzar yo, fue retrocediendo de a poco; y observé que otro perro, de raza indeterminada, peludo, de varios colores, había salido cojeando de una pata. «Ahora se va a armar una buena», pensé. En ese mismo instante, un tercer perro cruzado de blanco, y de pelaje largo, salió sigilosamente de una entrada y se unió a los otros. Los tres se quedaron mirándome con ojos graves; pero no profirieron un solo ladrido. Al avanzar yo, retrocedieron, con sus pezuñas afelpadas, sin dejar de vigilarme. «De un momento a otro cargarán contra mis tobillos», pensé. No estaba alarmado, ya que no eran grandes ni temibles. Pero me dejaron deambular a mi gusto por el patio, siguiéndome a poca distancia —siempre la misma—, y siempre con los ojos fijos en mí. Después me asomé a la fachada en ruinas y vi en una de sus ventanas sin marco había otro perro: un pointer blanco con una oreja marrón. Era un perro viejo y serio, con mucha más experiencia que los otros; y parecía observarme con profunda atención.

«A éste sí que lo voy a oír», me dije a mí mismo. Pero siguió en el vano de la ventana, frente a los árboles del parque, vigilándome sin moverse. Yo lo miré un instante para ver si se excitaba al sentirse observado: entre nosotros se interponía la mitad de la anchura del patio; y nos miramos mutuamente en silencio desde esa distancia. Pero no se movió; así que finalmente di media vuelta. Detrás de mí descubrí al resto del grupo, con un recién llegado que se les había unido: un pequeño lebrel negro, con ojos de color ágata pálido. Tiritaba un poco, y su expresión era más medrosa que la de los otros. Observé que se mantenía un poco más atrás que el resto. Y seguían sin emitir un solo ladrido.

Estuve lo menos cinco minutos, con el círculo a mi alrededor… esperando; porque parecían estar esperando. Por último, me acerqué al perrito castaño dorado y me incliné para acariciarlo. Al hacerlo me oí a mí mismo soltar una risita nerviosa. El perrito no se sobresaltó, ni gruñó, ni apartó los ojos de mí… Simplemente retrocedió como una yarda; luego se detuvo y siguió mirándome.

«¡Bueno, vete al diablo!» —exclamé, y crucé el patio en dirección al pozo.

Al echar a andar, los perros se dispersaron y se refugiaron en distintos rincones del patio. Examiné las urnas que adornaban el pozo, traté de abrir una o dos puertas cerradas, y miré de arriba abajo la muda fachada, luego me dirigí a la capilla. Al darme la vuelta, vi que los perros habían desaparecido; todos salvo el viejo pointer, que aún me observaba desde la ventana. Fue un alivio sentirme libre de aquella hueste de mirones; y procedí a inspeccionar a mi alrededor, en busca de un acceso a la parte de atrás del edificio. «Quizá haya alguien en el jardín», pensé. Encontré un sendero que cruzaba el foso, trepé a un muro asfixiado por las zarzas y entré en el jardín. Unas cuantas hortensias y geranios languidecían en los cuadros, y la antigua casa los miraba con indiferencia. La fachada que daba al jardín era más simple y severa que la otra: el largo muro de granito, con sus escasas ventanas y su tejado picudo, parecía una prisión fortificada. Di la vuelta al ala más alejada, subí unos cuantos peldaños desencajados y entré en el profundo crepúsculo de un camino estrecho flanqueado de viejísimo boj. Tenía este camino la anchura suficiente para permitir el paso de una persona, y las ramas se juntaban por arriba. Era como el fantasma de un paseo de boj, con su verde reluciente vuelto hacia la oscura grisalla de las avenidas. Seguí andando; las ramas me daban en la cara y recobraban su posición con un ruido seco; finalmente salí a la parte de arriba del chemin de ronde. Continué por él hasta la torre de la entrada, que asomaba al patio que tenía justo debajo de mí. No se veía a nadie; y tampoco estaban los perros. Descubrí un tramo de escalera en el espesor del muro y bajé por él; y al salir otra vez al patio, topé nuevamente con el círculo de perros: el marrón dorado un poco más adelantado que el resto, y el negro lebrel tiritando detrás.

—¡Venga, fuera… latosos; marchaos! —exclamé, y mi voz me sobresaltó con un eco repentino. Los perros siguieron inmóviles, vigilándome. Yo sabía ya que no tratarían de evitar que me acercase a la casa, y este conocimiento me dio libertad para estudiarlos. Tenía la sensación de que debían de estar terriblemente acobardados para ser tan silenciosos y pasivos. Pero no tenían aspecto de hambrientos ni de recibir mal trato. Tenían el pelaje suave y no se les veía flacos, aparte del lebrel tembloroso. Era más como si hubiesen vivido mucho tiempo con gente que no les hablaba ni los miraba: como si el silencio del lugar hubiese ido entorpeciendo gradualmente sus naturalezas bulliciosas e inquisitivas. Y esta extraña pasividad, este cansancio casi humano, me parecía más triste que la miseria de los animales famélicos y apaleados. Me habría gustado haberlos cogido un minuto, haberlos divertido con algún juego o alguna carrera; pero cuanto más miraba a sus ojos fijos y cansados, más absurda me parecía la idea. Con las ventanas de la casa asomadas hacia nosotros, ¿cómo podía yo pensar en algo así? Los perros lo sabían mejor: ellos sabían lo que la casa consentiría y lo que no. Incluso imaginé que sabían lo que me pasaba por la cabeza, y me compadecían por mi frivolidad. Pero incluso ese sentimiento les llegaba probablemente a través de una espesa niebla de indiferencia. Me daba la sensación de que su distancia respecto a mí no era nada comparada con lo lejos que me sentía yo de ellos. La impresión que producían era la de que no tenían en común una memoria tan honda y oscura que nada de cuanto sucedía merecía un gruñido o un movimiento de cola.

—¡Eh! —exclamé de repente, dirigiéndome al silencioso grupo—. ¿Sabéis qué parecéis, todos vosotros? Parecéis estar viendo un fantasma… ¡Eso parecéis! Me pregunto si no habrá alguno por aquí, que no ve nadie más que vosotros.

Los perros siguieron mirándome sin moverse…

Había oscurecido ya cuando vi los faros de Lanrivain en el cruce. No fue precisamente malhumor lo que me produjo verlos. Tenía la sensación de haber escapado del lugar más solitario del mundo, y de que no me gustaba tanto la soledad como había imaginado, al menos hasta ese extremo. Mi amigo traía de Quimper a su procurador; y sentado junto a un grueso y afable desconocido, no me sentí con ánimo para hablar de Kerfol…

Pero esa noche, cuando Lanrivain y el procurador se encerraron en el despacho, Madame de Lanrivain empezó a preguntarme en el salón:

—Bueno… ¿Va a comprar Kerfol? —dijo, alzando su alegre barbilla de la labor.

—Aúno no lo he decidido. El caso es que no he podido entrar en la casa —dije, como si hubiese aplazado simplemente mi decisión, y me propusiera volver para echar otra mirada.

—¿No ha podido entrar? Vaya, ¿qué ha ocurrido? La familia se muere de ganas por vender ese sitio, y el viejo guarda tiene orden…

—Es muy probable. Pero el viejo guarda no estaba allí.

—¡Qué lástima! Estaría en el mercado. Pero ¿y su hija…?

—No había nadie. Al menos, yo no he visto a nadie.

—¡Qué extraño! ¿Absolutamente a nadie?

—A nadie; a parte de un montón de perros, toda una banda, que parecían tener la casa para ellos solos.

Madame de Lanrivain dejó caer el bordado sobre sus rodillas y entrelazó las manos encima. Durante un minuto me miró pensativa.

—¿Un grupo de perros… dice que ha visto?

—¿Que si los he visto? ¡No he visto otra cosa!

—¿Cuántos? —su voz desfalleció un poco—. Siempre me he preguntado…

La miré con sorpresa: había supuesto que el lugar le era familiar.

—¿No ha estado nunca en Kerfol? —pregunté.

—¡Sí, claro! Muchas veces. Pero nunca en este día.

—¿Qué día?

—Lo había olvidado por completo… y Hervé también, estoy segura. De haberlo recordado no le habríamos enviado hoy… Pero además, uno no cree ni la mitad de esa clase de cosas, ¿verdad?

—¿Qué clase de cosas? —pregunté, bajando la voz involuntariamente al nivel de la suya. Pensé para mis adentros: «Ya sabía yo que había algo…».

Madame de Lanrivain se aclaró la garganta y esbozó una sonrisa tranquilizadora.

—¿No le ha contado Hervé la historia de Kerfol? Un antepasado suyo estuvo implicado en ella. Como sabe, cada bretona tiene su historia de fantasmas; algunas bastantes desagradables.

—Sí, pero… ¿esos perros?

—Bueno; esos perros son los fantasmas de Kerfol. Al menos, los campesinos dicen que hay un día al año en que aparece un montón de perros por allí, y que ese día el guarda y su hija se marchan a Morlaix a emborracharse. Las mujeres de Bretaña beben espantosamente —se inclinó para igualar una hebra de seda; a continuación alzó su bello rostro parisino—. ¿De veras ha visto un grupo de perros? No hay ninguno en Kerfol —dijo.

II

Lanrivain, al día siguiente, buscó un gastado volumen en piel del último estante de su biblioteca.

—Sí… aquí está. ¿Cómo se titula? Historia de los Juicios del Ducado de Bretaña. Quimper, 1702. El libro fue escrito unos cien años después del caso de Kerfol; pero creo que el informe está tomado literalmente de los archivos judiciales. De todas maneras, es un relato extraño. Y hubo un Hervé de Lanrivain implicado en esto… No precisamente de mi tipo, ya lo verás. Se trata sólo de un colateral. Bueno, toma el libro y llévatelo a la cama. Yo no recuerdo exactamente los detalles; ¡pero cuando lo hayas leído, te apuesto lo que quieras a que tendrás la luz encendida toda la noche!

Tuve la luz encendida toda la noche, como él había pronosticado. Pero fue porque el alba me sorprendió absorto aún en la lectura. El relato del juicio de Anne de Cornault, esposa del señor de Kerfol, era largo y tenía la letra apretada. Como mi amigo había dicho, era probablemente una transcripción casi literal de lo ocurrido en el estrado, y el juicio duró casi un mes. Además, el tipo de letra era muy malo…

Al principio pensé traducir el viejo documento. Pero está lleno de tediosas repeticiones y las líneas generales de la historia se desvían constantemente hacia cuestiones secundarias. De modo que he intentado aligerarla y presentarla aquí de forma más simple. A veces, sin embargo, he recurrido al texto porque no he encontrado palabras que plasmasen más exactamente la sensación de lo que yo había notado en Kerfol; y en ningún momento he añadido nada de mi propia cosecha.

III

En el año 16… Yves de Cornault, señor de las tierras de Kerfol, fue al pardon de Locronan a cumplir sus deberes religiosos. Era un noble rico y poderoso que contaba entonces sesenta y dos años, aunque sano y robusto, buen jinete y cazador, y hombre piadoso. Así lo atestiguan todos sus vecinos. Físicamente era bajo y ancho, de rostro moreno, piernas ligeramente torcidas de montar a caballo, nariz ganchuda, manos anchas y cubiertas de un vello negro. Se había casado joven y había perdido a su esposa y a su hijo poco después; y desde entonces había vivido en Kerfol. Dos veces al año iba a Morlaix, donde tenía una preciosa casa junto al río, y pasaba allí de una semana a diez días, y ocasionalmente se desplazaba a Rennes para resolver asuntos. Hubo testigos que declararon que durante estas ausencias llevaba una vida distinta de la que se le conocía en Kerfol, donde se ocupaba personalmente de su hacienda, oía misa diariamente y se distraía únicamente con la caza del jabalí y las aves acuáticas. Pero esos rumores no son particularmente importantes, y es cierto que entre los vecinos de su propia clase pasaba por hombre rígido y hasta austero, observador de las obligaciones religiosas y estricto consigo mismo. No existía ningún rumor de que se permitiese familiaridades con las mujeres de sus posesiones, pese a que en aquel tiempo la nobleza era muy atrevida con sus campesinos. Algunos decían que jamás había mirado a una mujer desde la muerte de su esposa. Pero ésas son cosas difíciles de demostrar, y los testimonios a ese respecto no tenían mucha validez.

Bien. Pues a sus sesenta y dos años, Yves de Cornault fue al pardon de Locronan, y vio allí a una joven dama de Douarnenez que había cabalgado a la grupa con su padre para cumplir su deber para con el santo. Se llamaba Anne de Barrigan y procedía de un buen linaje bretón, aunque mucho menos grande y poderoso que el de Yves de Cornault. Además, el padre había dilapidado su fortuna en las cartas, y vivía casi como un labriego en su pequeña y granítica mansión de los páramos… He dicho que no añadiría nada de mi cosecha a esta escueta exposición del extraño caso, pero debo interrumpirme aquí para describir a la joven dama que había llegado hasta el cobertizo de la del atrio de Locronan en el mismísimo instante en que desmontaba el barón de Cornault. Saco esta descripción de un borroso dibujo a sanguina, bastante sobrio y verídico, debido a un discípulo de Clouets, que cuelga en el despacho de Lanrivain y del que se dice que era el retrato de Anne de Barrigan. Está sin firma y no tiene ninguna otra seña de identidad que las iniciales A. B. y la fecha: 16…, el año siguiente a su matrimonio: representan a una dama joven de rostro pequeño y ovalado, casi afilado, aunque lo bastante ancho para mostrar una boca llena, con cierta tierna depresión en las comisuras. La nariz es pequeña y las cejas son más bien altas, separadas y ligeramente marcadas a lápiz, como las cejas de las pinturas chinas. Su frente es alta y seria, y el cabello, que da la impresión de ser fino, abundante y rubio, lo lleva retirado, y recogido como un sombrero. Sus ojos no son ni grandes ni pequeños; probablemente castaños, con una expresión a la vez tímida y firme. Dos preciosas manos largas se cruzan bajo el pecho de la dama...

El capellán de Kerfol y otros testigos declararon que cuando el barón regresó de Locronan, saltó del caballo, ordenó que se le encasillase otro inmediatamente, pidió a un joven paje que fuese con él, y partió esa misma tarde hacia el sur. Su administrador lo siguió a la mañana siguiente con cofres cargados sobre un par de mulas. A la semana siguiente, Yves de Cornault regresó a Kerfol, mandó llamar a sus vasallos y renteros, y les dijo que iba a casarse el día de Todos los Santos con Anne de Barrigan, de Douarnenez. Y el día de Todos los Santos se celebró la boda.

Parece que hay pruebas por ambas partes de que los primeros años fueron felices para la pareja. No se encontró a nadie que dijese que Yves de Cornault hubiera sido duro con su esposa, y era evidente para todo el mundo que estaba contento con su transacción. A decir verdad, el capellán y otros testigos admitieron en el proceso que la joven dama ejercía una influencia apaciguadora en su esposo, y que éste se había vuelto menos exigente con sus renteros, menos rudo con los labriegos y siervos, y menos propenso a los accesos de hosco mutismo que habían ensombrecido su viudez. En cuanto a su esposa, la única queja que sus campeones pudieron aducir en su favor fue que Kerfol era un lugar solitario, y que cuando su esposo se marchaba por necesidad de sus asuntos en Rennes o Morlaix —ciudades a las que nunca la llevó a ella—, sólo le consentía pasear sin compañía por el parque. Pero nadie afirmó que no fuese feliz; aunque una sirvienta dijo que la había sorprendido llorando y la había oído decir que era una mujer maldita por no tener un hijo, y que no había en el mundo nada que pudiera llamar suyo. Pero éste era un sentimiento bastante natural en una esposa ligada a su esposo; y ciertamente debió de suponer una gran frustración para Yves de Cornault que no le diera hijos. Sin embargo, jamás le hizo sentir su esterilidad como un reproche —ella misma lo admite en su declaración—, sino que parecía tratar de que lo olvidase colmándola de regalos y favores. Aunque era rico, no fue jamás liberal; pero nada era demasiado delicado para su esposa en lo que se refería a sedas, joyas, lino o cualquier otra cosa que ella deseara. Todo mercader ambulante era bien recibido en Kerfol, y cuando el señor tenía que salir, jamás regresaba sin traer a su esposa algún hermoso presente —algo curioso y especial— de Morlaix, de Rennes o de Quimper. Una de las doncellas, en el interrogatorio, dio una interesante lista de los regalos de un año, que copio aquí: de Morlaix, un junco tallado en marfil, con chinos a los remos, que un extraño marinero había traído como ofrenda votiva a Notre Dame de la Clarté, de Ploumanac'h; de Quimper, un vestido bordado, hecho por las monjas de la Asunción; de Rennes, una rosa de plata que se abría y mostraba una Virgen de ámbar con una corona de granates; de Morlaix también, una larga pieza de terciopelo de Damasco, moteado de oro, comprada a un judío de Siria; y por san Miguel de ese mismo año, de Rennes, una gargantilla o brazalete de piedras redondas —esmeraldas y perlas y rubíes— ensartadas como cuentas en una fina cadena de oro. «Éste fue el regalo que más gustó a la dama», dijo la doncella. Más tarde, por cierto, fue presentado en el juicio, y parece que a los jueces y al público les pareció una joya curiosa y de gran valor.

El mismo invierno, el barón se ausentó de nuevo, esta vez a Burdeos, y a su regreso trajo a su esposa algo aún más singular y precioso que el brazalete. Fue una tarde invernal cuando llegó a Kerfol, y al entrar en el salón la halló sentada junto al hogar, con la barbilla apoyada en la mano, contemplando el fuego. Traía una caja de terciopelo en la mano y, depositándola en el suelo, alzó la tapa y dejó salir a un perrito de color marrón dorado.

Anne de Cornault dio un grito de júbilo al ver saltar hacia ella la pequeña bestezuela: «¡Oh, parece un pájaro o una mariposa!», exclamó al cogerlo; y el perro le puso las patitas en los hombros y la miró con ojos «como de cristiano». Después de eso, jamás volvió a tenerlo lejos de su vista, y lo mimaba y le hablaba como si fuera un niño… Y, efectivamente, fue lo más cercano a un niño que llegó a conocer. Yves de Cornault se alegró muchísimo de su compra. El perro lo había traído un marinero de un mercante indo-oriental, el cual se lo había comprado a un peregrino en un bazar de Jaffa, quien lo había robado a la esposa de un noble chino; cosa perfectamente permisible, ya que el peregrino era cristiano y el noble un pagano predestinado al fuego del infierno. Yves de Cornault había pagado un precio generoso por el perro, porque empezaban a estar en demanda en la corte francesa y el marinero sabía que era valioso. Pero la alegría de Anne era tan grande que, viéndola reír y jugar con el pequeño animal, su esposo habría dado sin duda alguna el doble de lo que le costó.

Hasta aquí todos los testimonios son unánimes, y el relato discurre sin incidencias. Pero ahora su curso se hace difícil. Trataré de atenerme lo más posible a las propias declaraciones de Anne, aunque hacia el final, pobre criatura…

Bien, retrocedamos. Al año siguiente de llegar el perrito marrón a Kerfol, una noche de invierno, Yves de Cornault fue encontrado muerto en lo alto de la escalera que bajaba de las habitaciones de su esposa a una puerta que daba acceso al patio. Fue su esposa quien lo encontró y dio la alarma, tan fuera de sí, pobre desdichada, tan presa de miedo y horror —dado que estaba toda manchada con su sangre— que al principio la excitada servidumbre no pudo entender lo que decía, y creían que se había vuelto loca de repente. Pero allí, efectivamente, en lo alto de la escalera, estaba el esposo, como una piedra, con la cabeza en el borde y la sangre de las heridas goteando en el peldaño que tenía debajo. Le habían arañado y herido la cara y el cuello como con unas armas singularmente puntiagudas y en una de sus piernas tenía un profundo desgarrón que le había cortado la arteria, lo que probablemente le había causado la muerte. Pero ¿cómo había llegado allí y quién lo había asesinado?

Su esposa declaró que ella estaba durmiendo, y al oír su grito había salido a toda prisa, y lo encontró en la escalera. Pero esto fue rebatido inmediatamente. En primer lugar, se probó que desde su habitación no pudo haber oído la lucha en la escalera debido al espesor de las paredes y a la longitud del corredor que se interponía; luego se aclaró que no estaba en la cama dormida, ya que cuando despertó a toda la casa estaba vestida y su cama no estaba deshecha. Además, la puerta de abajo de la escalera estaba entreabierta y el capellán (hombre observador) había notado que el vestido que llevaba estaba manchado de sangre hasta las rodillas y que había huellas de sangre de unas manos pequeñas en las paredes de la escalera, de modo que se supuso que en realidad estaba en la puerta cuando su marido cayó y que al subir a tientas en la oscuridad, tal vez de rodillas, se había manchado con la sangre que manaba hacia ella. Naturalmente, se arguyó por otro lado que las manchas de sangre del vestido podían haber sido causadas al arrodillarse junto a su esposo, cuando salió precipitadamente de su habitación; pero estaba abierta la puerta de abajo, y el hecho de que las huellas de dedos de la escalera señalaban la dirección hacia arriba.

La acusada mantuvo su declaración los dos primeros días, a pesar de su improbabilidad; pero al tercero le llegó la noticia de que Hervé de Lanrivain, joven noble de la vecindad, había sido detenido por complicidad en el crimen. Entonces aprovecharon dos o tres testigos para declarar que era sabido en toda la región que, en otro tiempo, Lanrivain había estado en buena relación con la dama de Cornault, pero que se había ausentado de Bretaña durante más de un año y la gente había dejado de relacionar sus nombres. Las personas que declararon esto no gozaban de muy buena reputación. Una de ellas era una vieja recogedora de hierbas sospechosa de brujería; otra, un clérigo borracho de la parroquia vecina; y la tercera, un pastor medio chiflado al que se le podía hacer decir cualquier cosa. Era evidente que el proceso no era totalmente satisfactorio sobre este particular y que habrían deseado encontrar una prueba más sólida sobre la complicidad de Lanrivain que las deposiciones de la recogedora de hierbas, quien juraba haberlo visto trepar por el muro del parque la noche del asesinato. Una manera de completar pruebas fragmentarias en aquellos tiempos consistía en ejercer alguna clase de presión, moral o física, sobre la persona acusada. No está claro a qué clase de presión sometieron a Anne de Cornault. Pero al tercer día, cuando fue llevada ante el tribunal, «parecía débil e incoherente»; y tras instalarla a que se sosegase y dijese la verdad, por su honor y por las llagas del Santísimo Redentor, confesó que, efectivamente, había bajado la escalera para hablar con Hervé de Lanrivain (quien lo negó todo) y de allí le había sorprendido el ruido de la caída de su esposo. Esta estaba mejor; y el fiscal se frotó las manos de satisfacción. La satisfacción aumentó cuando varios colonos que vivían en Kerfol fueron inducidos a decir —con aparente sinceridad— que durante un año o dos antes de su muerte, el señor se había vuelto otra vez variable e irascible, y propenso a los períodos de hosco mutismo que su servidumbre había aprendido a temer antes de su segundo matrimonio. Lo cual parecía demostrar que las cosas no marchaban bien en Kerfol, aunque no pudieron encontrar a nadie que dijese que hubiera habido signo alguno de desavenencia entre marido y mujer.

Anne de Cornault, al ser interrogada sobre el motivo por el que bajó de noche a abrirle la puerta a Hervé de Lanrivain, dio una respuesta que debió de hacer sonreír al tribunal. Dijo que porque estaba sola y quería hablar con el joven. «¿Era ésa la única razón?», le preguntaron; y contestó: «Sí, por la cruz que hay sobre las cabezas de vuestras Señorías». «Pero ¿por qué a medianoche?», preguntó el tribunal. «Porque no podía verlo de ninguna otra manera». Imagino el intercambio de miradas sobre los cuellos de armiño, debajo del crucifijo.

Anne de Cornault, interrogada más tarde, dijo que su vida de casada había sido extremadamente solitaria; «desolada», fue la palabra que empleó. Era cierto que su esposo le hablaba raramente con aspereza, pero había días en que no le dirigía la palabra. Era cierto también que jamás la había maltratado ni amenazado, pero la tenía como una prisionera en Kerfol; y cuando se marchaba a Morlaix, a Quimper o a Rennes, la sometía a tal vigilancia que no podía coger una flor del jardín sin tener a una doncella pegada a sus talones. «No soy reina, no necesito tales honores», dijo una vez a su esposo; y él le contestó que un hombre que tiene un tesoro no deja la llave en la cerradura cuando se ausentaba. «Entonces llevadme con vos», había insistido ella. Pero a esto replicó que las ciudades eran lugares perniciosos y que las jóvenes esposas estaban mejor junto a la chimenea.

—Pero ¿qué queríais decirle a Hervé de Lanrivain? —preguntó el tribunal.

Y ella contestó:

—Quería pedirle que me llevase con él.

—¡Ah! ¿Confesáis que bajasteis a abrirle con intenciones adúlteras?

—No.

—Entonces, ¿por qué queríais pedirle que os llevase con él?

—Porque temía por mi vida.

—¿De quién teníais miedo?

—De mi esposo.

—¿Por qué teníais miedo de vuestro esposo?

—Porque había estrangulado a mi perrito.

Otra sonrisa debió de cruzar por los rostros del tribunal: en los tiempos en que un noble tenía derecho a ahorcar a su campesinos —derecho que la mayoría ejercía—, retorcerle el cuello a un animal favorito no podía escandalizar a nadie.

Al llegar aquí, uno de los jueces, a quien al parecer la acusada inspiraba cierta simpatía, sugirió que debían permitirle explicarse a su manera; en consecuencia, hizo la siguiente declaración:

Que durante los primeros años de matrimonio había estado muy sola, aunque su esposo no la había tratado con rigor. Si hubiese tenido un hijo, no habría sido infeliz; pero los días eran largos y demasiado lluviosos.

Era cierto que su esposo, cada vez que se iba y la dejaba, le traía un precioso regalo a su regreso. Pero eso no compensaba su soledad; al menos, hasta que trajo su perrito de Oriente; entonces se sintió mucho menos desdichada. Su esposo parecía complacido al verla tan encariñada con el animal; le dio permiso para que le pusiese su brazalete de joyas en el cuello y que lo tuviera siempre con ella.

Un día se había quedado dormida en su habitación, con el perro a sus pies, como era su costumbre. Tenía los pies desnudos y apoyados en su lomo. De pronto, la despertó su esposo; estaba junto a ella sonriendo, no con desafecto.

—Os parecéis a mi bisabuela, Juliane de Cornault, descansando en la capilla con un perrito a los pies —dijo.

La analogía le produjo a la dama un escalofrío, pero rio y contestó:

—Bueno; cuando muera, ponedme junto a ella, esculpida en mármol, con el perro a mis pies.

—¡Ah…, tendremos que esperar! —dijo riendo él también; luego frunció sus negras cejas, y añadió—: El perro es el emblema de la fidelidad.

—¿Y dudáis que yo tenga derecho a descansar con él a mis pies?

—Cuando tengo una duda la aclaro —contestó—. Soy viejo —añadió—, y la gente dice que os hago llevar una vida solitaria. Pero juro que tendréis vuestro monumento si os lo ganáis.

—Y yo os juro ser fiel —replicó ella—, aunque no sea más que por tener mi perrito a los pies.

Algún tiempo después el barón tuvo que asistir al tribunal de Quimper; y estando ausente, una tía suya, viuda de un ilustre noble del ducado, se detuvo a pasar la noche en Kerfol, camino del pardon de Ste. Barbe. Era una mujer piadosa e influyente, y muy respetada por Yves de Cornault; y cuando le propuso a Anne que fuese con ella a Ste. Barbe, nadie se opuso, y hasta el capellán se mostró a favor de esta peregrinación. Así que Anne salió para Ste. Barbe, y allí habló por primera vez con Hervé de Lanrivain. Éste había ido una vez o dos a Kerfol con su padre, pero la dama no había llegado a intercambiar una docena de palabras con él. Esta vez no hablaron más de cinco minutos; fue bajo los castaños, mientras la procesión salía de la capilla. Él dijo «Os compadezco». Ella se sorprendió, ya que nunca había imaginado que pudiese ser compadecida por nadie. Y añadió: «Llamadme cuando me necesitéis». Ella sonrió; pero luego se alegró, y pensó en este encuentro.

Confesó haberlo visto tres veces después: no más. No dijo cómo ni dónde… Dio la impresión de que temía implicar a alguien. Sus encuentros habían sido escasos y breves y, al final, él le había dicho que iba a marcharse al día siguiente a un país extranjero, en una misión que no carecía de peligro y que quizá le retendría muchos meses. Le pidió un recuerdo y ella no encontró a mano otra cosa que el collar que llevaba puesto el perrito. Después se arrepintió de habérselo dado, pero le veía tan desdichado por marcharse que no tuvo valor para negárselo.

Su esposo estaba ausente por entonces. Cuando regresó, unos días más tarde, cogió al animal para acariciarlo y observó que le faltaba el collar. Su esposa le dijo que el perro lo había perdido en la maleza y que ella y sus doncellas lo habían estado buscando todo el día. Era cierto, explicó ella en el tribunal, que había hecho que las doncellas buscasen el collar…; todas creyeron que el perro lo había perdido en el parque.

Su esposo no hizo ningún comentario; y esa noche, en la casa, se comportó con su humor habitual, entre bueno y malo: nunca se sabía cuál. Habló mucho, comentando qué había hecho y visto en Rennes; pero de cuando en cuando se quedaba callado, y la miraba severamente; y cuando ella se retiró a dormir, encontró a su perrito estrangulado encima de la almohada. El pobre animal estaba muerto, aunque caliente todavía; se inclinó para cogerlo, y su angustia se convirtió en horror al descubrir que había sido estrangulado con dos vueltas de la gargantilla que ella le había dado a Lanrivain.

A la mañana siguiente enterró al perro en el jardín y se ocultó el collar en el pecho. No dijo nada a su esposo, ni entonces ni más tarde, y él tampoco hizo ningún comentario. Pero ese día ahorcó él a un labriego por robar un haz de leña en el parque, y al día siguiente casi mató a palos a un potro que estaba domando.

Empezó el invierno, pasaban uno tras otro los cortos días y las largas noches; y la dama no tenía noticias de Hervé de Lanrivain. Quizá su esposo lo había matado, o tal vez habían robado la gargantilla. Día tras día junto al fuego, entre las doncellas atareadas hilando, y noche tras noche sola en la cama, se sumía en conjeturas y temblaba. A veces en la mesa, su esposo la miraba y sonreía; entonces sentía la convicción de que Lanrivain había muerto. No intentó obtener noticias suyas, porque era seguro que su esposo se enteraría: estaba convencida de que podía averiguarlo todo. Y cuando una noche fue al castillo a guarnecerse una bruja que tenía fama de vidente y de mostrar el mundo en su cristal, y las doncellas se congregaron a su alrededor, Anne se mantuvo apartada.

El invierno fue largo, oscuro y lluvioso. Un día, en ausencia de Yves de Cornault, llegaron a Kerfol unos gitanos con un puñado de perros amaestrados. Anne les compró el más pequeño y el más listo, uno castaño. Parecía haber sido maltratado por los gitanos y se refugió junto a ella de manera quejumbrosa cuando lo apartó de los demás. Esa noche regresó su esposo, y cuando Anne se fue a dormir encontró al perro estrangulado sobre su almohada.

Después de eso, se dijo a sí misma que jamás volvería a tener otro perro; pero una noche de mucho frío encontraron a un lebrel flaco gimiendo en la entrada del castillo; lo recogió y prohibió a las doncellas que se lo dijesen a su esposo. Lo ocultó en una habitación en la que no entraba nadie, le llevó comida de su propio plato, le hizo un cálido lecho para que durmiese y le cuidó como a un niño.

Regresó Yves de Cornault a casa, y al día siguiente Anne encontró al lebrel estrangulado sobre su almohada. Lloró en secreto, pero no dijo nada; y decidió que aunque se encontrase un perro a punto de morir de hambre no lo traería por nada del mundo al castillo; pero un día se encontró un cachorro de perro pastor, una bola de algodón manchado y con los ojos azules, tumbado, con una pata rota, en la nieve del parque. Yves de Cornault estaba en Rennes; así que entró al perro, lo calentó y alimentó, le vendó la pata y lo ocultó en el castillo hasta el regreso de su esposo. El día antes se lo dio a una campesina que vivía muy lejos y le pagó generosamente para que lo cuidase y no dijese nada; pero esa noche oyó aullar y arañar en su puerta, y cuando abrió, el cachorro cojo, empapado y tiritando, saltó sobre ella con sus pequeños ladridos lastimeros. Lo ocultó en su cama, y a la mañana siguiente iba a llevárselo otra vez a la campesina cuando oyó a su marido entrar a caballo en el patio. Encerró al perro en un arca y bajó a recibirlo. Una hora o dos más tarde, cuando regresó a su habitación, el cachorro yacía estrangulado sobre su almohada.

No se atrevió a tener otro perro nunca más, y la soledad se le hizo casi insoportable. A veces, cuando cruzaba el patio del castillo y creía que nadie la miraba, se detenía a acariciar al viejo pointer de la entrada. Pero un día, mientras lo acariciaba, salió su esposo de la capilla. Al día siguiente el perro había desaparecido...

Esta extraña historia fue contada en una sola sesión del tribunal, ni escuchada sin comentarios impacientes e incrédulos. Era evidente que los jueces estaban sorprendidos de su puerilidad y que no ayudaba a la acusada a los ojos del público. Era un extraño relato, evidentemente; pero ¿qué probaba? Que Yves de Cornault tenía aversión a los perros y que su esposa, para satisfacer su propio capricho, hacía caso omiso de manera pertinaz de esta aversión. En cuanto a alegar esta trivial desavenencia como pretexto para sus relaciones —fueran de la naturaleza que fuesen— con su supuesto cómplice, el argumento era tan absurdo que su propio abogado lamentó manifiestamente haberle permitido hacer uso de él, y trató varias veces de interrumpir la historia. Pero ella siguió hasta su conclusión con una especie de insistencia hipnótica, como si las escenas que evocaba fueran tan reales que hubiese olvidado dónde se encontraba y creyese que las estaba viviendo otra vez.

Finalmente el juez que previamente había mostrado cierta benevolencia hacia ella, dijo (inclinándose ligeramente hacia delante, podemos imaginar, desde la fila de sus amodorrados colegas):

—Entonces, ¿queréis hacernos creer que habéis asesinado a vuestro esposo porque no os dejaba tener un perro?

—Yo no he asesinado a mi esposo.

—¿Quién entonces? ¿Hervé de Lanrivain?

—No.

—¿Quién entonces? ¿Podéis decírnoslo?

—Sí, puedo decíroslo: los perros...

Al llegar aquí, la sacaron de la sala, desmayada.

Es evidente que su abogado trató de hacerla abandonar esta idea de defensa. Posiblemente su explicación, cualquiera que fuese, le había parecido convincente cuando se la había contado en el calor de su primera entrevista privada; pero ahora que la exponía a la fría luz del día, en la encuesta judicial y ante la burla del pueblo, se sintió completamente avergonzado, y la hubiera sacrificado sin escrúpulos con tal de salvar su reputación profesional. Pero el obstinado juez —quien quizá, en realidad, era más inquisitivo que amable— quería oír evidentemente toda la historia; y al día siguiente le ordenó que continuase su deposición.

Contó que después de la desaparición del viejo perro guardián no ocurrió nada particular durante un mes o dos. Su esposo se comportaba como de costumbre: la dama no recordaba ningún incidente especial. Pero una noche llegó al castillo una buhonera y se puso a vender adornos y abalorios a las doncellas. Ella no se sentía con ánimos para esas cosas, pero estuvo un rato contemplando cómo las mujeres escogían. Y entonces, no sabía cómo, la buhonera la persuadió para que le comprase un pomo, o perfumador, en forma de pera, de fuerte fragancia; una vez le había visto algo parecido a una gitana. Ella no quería el perfumador y no sabía por qué lo había comprado. La buhonera dijo que quienquiera que lo llevase tendría el poder de leer el futuro; pero Anne no creía en esas cosas, ni le importaban tampoco. Sin embargo, lo compró y lo subió a su habitación, donde se sentó y comenzó a darle vueltas entre las manos. Entonces le atrajo el extraño olor, y empezó a preguntarse qué clase de especia tendría la cajita. La abrió y encontró como una judía gris envuelta en una tira de papel; y en el papel vio un signo que ella conocía, con un mensaje de Hervé de Lanrivain diciendo que había regresado y que estaría en la puerta del patio esa noche, en cuanto la luna se ocultara… Quemó el papel y se sentó a pensar. Anochecía ya, y su esposo estaba en casa… no había medio de advertir a Lanrivain, y no pudo hacer otra cosa que esperar…

Al llegar a este punto, imagino a la adormilada audiencia empezando a despertar. Incluso el más viejo del estrado debió de recrearse imaginando los sentimientos de una mujer al recibir, a la caída de la tarde, el mensaje de un hombre que vivía a veinte millas, al que no tenía medios de mandarle aviso…

No era una mujer lista, supongo; y la primera consecuencia de sus reflexiones parece que fue el error de comportarse esa noche demasiado amablemente con su esposo. No pudo inducirlo a beber en exceso, según el recurso tradicional, porque aunque a veces bebía mucho, su cabeza resistía bastante; y cuando bebía más allá de su resistencia era porque así lo quería él, y no porque una mujer lo persuadiese. Sobre todo su esposa, ahora que la consideraba agua pasada. Mientras leía el caso, imaginé que no habría dejado en él otro sentimiento que el odio ocasionado por la supuesta deshonra.

Fuera como fuese, trató de recurrir a sus viejos encantos. Pero hacia el anochecer él pretextó tener dolores y fiebre, y abandonó el salón y subió al gabinete donde dormía a veces. Su criado le subió una copa de vino, y al bajar anunció que se iba a acostar y no quería que le molestasen; y una hora más tarde, cuando Anne alzó el tapiz y escuchó en su puerta, oyó su respiración sonora y regular. Pensó que podía estar fingiendo, y permaneció un buen rato descalza en el corredor, con la oreja pegada a la grieta; pero su respiración seguía siendo demasiado regular y natural para no ser otra que la de un hombre profundamente dormido. Regresó confiada a su habitación y se asomó a la ventana a contemplar la luna entre los árboles del parque. El cielo estaba nublado y sin estrellas; y al ocultarse la luna, la noche se volvió negra como un pozo. Comprendió que había llegado el momento, y se deslizó furtivamente por el corredor, cruzó por delante de la puerta de su esposo —donde se detuvo otra vez a escuchar su respiración— y llegó a la escalera. Allí se detuvo un instante para cerciorarse de que nadie le seguía: luego empezó a bajar la escalera a oscuras. Era tan empinada y tortuosa que debía hacerlo muy despacio por temor a tropezar.

Su único propósito era descorrer el cerrojo de la puerta, decirle a Lanrivain que huyese y regresar apresuradamente a su habitación. Había probado el cerrojo por la tarde y se las había arreglado para ponerle un poco de grasa; sin embargo, cuando tiró de él, produjo un chirrido... no muy fuerte, pero le paralizó el corazón. Y al minuto siguiente oyó un ruido...

—¿Qué ruido? —preguntó el fiscal.

—Era la voz de mi esposo pronunciando mi nombre y maldiciéndome.

—¿Qué oísteis después?

—Un terrible alarido y una caída.

—¿Dónde estaba Hervé de Lanrivain en ese momento?

—Estaba fuera, en el patio. Acababa de verlo en la oscuridad. Le dije, por Dios, que se fuese y luego cerré la puerta.

—¿Qué hicisteis a continuación?

—Me quedé al pie de la escalera escuchando.

—¿Qué oísteis?

—Oí los perros que gruñían y jadeaban.

(Visible desaliento del tribunal, fastidio del público y exasperación del abogado encargado de la defensa. ¡Los perros otra vez! Pero el inquisitivo juez insistió:)

—¿Qué perros?

Ella inclinó la cabeza y habló tan bajo que tuvieron que pedirle que repitiese la respuesta:

—No lo sé.

—¿Cómo decís, que no lo sabéis?

—No sé qué perros...

El juez intervino otra vez:

—Tratad de decirnos exactamente qué ocurrió. ¿Cuánto tiempo estuvisteis al pie de la escalera?

—Sólo unos minutos.

—Y entretanto, ¿qué pasaba arriba?

—Los perros gruñían y jadeaban. Él gritó una vez o dos. Y creo que gimió. Luego calló.

—¿Y qué pasó?

—Luego oí un ruido como de una jauría cuando se abalanza sobre el lobo…, un tragar y beber a lengüetazos.

(Hubo una exclamación de repugnancia y horror en el tribunal, y otro intento de intervención por parte del abogado descompuesto. Pero el inquisitivo juez prosiguió su interrogatorio).

—¿Y en todo ese tiempo no subisteis?

—Sí; subí entonces para apartarlos.

—¿A los perros?

—Sí.

—¿Y bien…?

—Cuando llegué arriba, estaba completamente oscuro. Encontré el pedernal y el eslabón de mi esposo e hice saltar una chispa. Lo vi tendido allí. Estaba muerto.

—¿Y los perros?

—Los perros se habían ido.

—¿Se habían ido… adónde?

—No lo sé. No había salida… y no había perros en Kerfol.

Se irguió cuan alta era, alzó los brazos por encima de la cabeza y cayó al suelo de piedra con un alarido prolongado. Hubo un momento de confusión en la sala. Se oyó decir a alguien del estrado: «Éste es un caso claro para las autoridades eclesiásticas…». Y el abogado de la prisionera debió de saltar pinchado ante tal sugerencia.

A partir de aquí el juicio se pierde en un laberinto de preguntas y disputas. Cada testigo llamado corroboró la declaración de Anne de Cornault de que no había perros en Kerfol: no había ninguno desde hacía meses. El amo de la casa les había cogido aversión, era innegable. Pero, por otra parte, en el interrogatorio hubo largas y agrias discusiones sobre la naturaleza de las heridas del muerto. Uno de los cirujanos llamados a declarar dijo que las señales parecían mordiscos. Se reavivó la insinuación de brujería, y los abogados oponentes se leyeron a gritos uno a otro gruesos librotes de nigromancia.

Finalmente, Anne de Cornault fue conducida otra vez ante el tribunal —a petición del mismo juez— y se le preguntó si sabía de dónde podían haber llegado los perros de los que hablaba. Por el alma de su Redentor, juró que no. Entonces el juez le hizo una pregunta final:

—Si os hubieran sido familiares los perros que os pareció oír, ¿creéis que los habríais reconocido por sus ladridos?

—Sí.

—¿Y reconocisteis a alguno?

—Sí.

—¿Qué perros os pareció que eran?

—Mis perros muertos —dijo en un susurro.

La sacaron de la sala para no reaparecer más. Hubo alguna investigación eclesiástica, y el final del asunto fue que los jueces disintieron entre sí y con la autoridad de la Iglesia, y que Anne de Cornault fue confiada a la custodia de la familia de su esposo, que la encerró en la torre de Kerfol, donde se dice que murió años después, loca inofensiva.

Así termina su historia. En cuanto a Hervé de Lanrivain, sólo tuve que pedirle a su descendiente colateral que me contase los detalles posteriores. Como las pruebas contra el joven eran insuficientes, y la influencia de su familia en el ducado era considerable, salió absuelto y se marchó a París poco después. Probablemente no se sentía con ánimos para llevar una vida mundana, y parece que cayó casi inmediatamente bajo la influencia del famoso M. Arnauld d'Andilly y los caballeros de Port Royal. Un año o dos más tarde ingresó en la Orden, y sin alcanzar ningún grado especial, siguió las vicisitudes que corrió ésta, hasta su muerte, unos veinte años después. Lanrivain me enseñó un retrato suyo, hecho por un discípulo de Philippe de Champaigne: ojos tristes, boca impulsiva y frente estrecha. ¡Pobre Hervé de Lanrivain!: fue un final gris el suyo. Sin embargo, mientras contemplaba su rígida y pálida imagen, con su oscuro traje de jansenista, casi sentí envidia de su destino. Al fin y al cabo, en el curso de su vida le habían ocurrido dos grandes cosas: había amado románticamente y debió de conversar con Pascal…